Feridun Zaimoglu

Kopf und Kragen

Feridun Zaimoglu, geboren 1964 in Bolu, Türkei, aufgewachsen in Berlin, München und Bonn, lebt seit 1985 in Kiel. Schon mit seinem ersten Buch Kanak Sprak wurde er zum Kultautor; sein Roman Abschaum wurde unter dem Titel Kanak Attack verfilmt. Für sein Werk erhielt er zahlreiche Preise.

Fotograf: Thomas Duffé

Lieferbar bei Rotbuch sind *Kanak Sprak, Abschaum, Koppstoff, Liebesmale, scharlachrot, Leinwand*

Feridun Zaimoglu

Kopf und Kragen

Kanak-Kultur-Kompendium

Rotbuch Verlag

Bibliografische Information Der Deutschen Nationalbibliothek

Die Deutsche Nationalbibliothek verzeichnet diese Publikation in der Deutschen Nationalbibliografie; detaillierte bibliografische Daten sind im Internet über http://dnb.d-nb.de abrufbar.

Rotbuch Taschenbuch 1184
Neuausgabe

Umschlaggestaltung: Bayerl & Ost, Frankfurt am Main
Druck und Bindung: Nørhaven Paperback A/S

Printed in Denmark
ISBN-10: 3-434-54535-2
ISBN-13: 978-3-434-54535-4

Alle Ähnlichkeiten mir lebenden und realen Personen sind rein zufällig

Informationen zu unserem Verlagsprogramm finden Sie im Internet unter www.rotbuch.de

Inhalt

Quartiere

Kanak Attack: Rebellion der Minderheiten

Im Juli 1965, nach drei Tagen und drei Nächten im überfüllten Sonderzug auf der Wanderarbeitertrasse, kam meine Mutter eher tot als lebendig mit ihrem damals sieben Monate alten Sohn im Münchner Hauptbahnhof an. Mein Vater löste sich aus der Menschenmenge auf dem Bahnsteig, und kaum, dass sie sich umarmt und verlegene Wiedersehensworte gefunden hatten, wurden sie auch schon in den Luftschutzbunker am Gleis 11 heruntergeführt. Wenige Stunden später saß die zusammengeführte Familie in einem der vielen Transportwaggons auf der Fahrt nach Berlin. Meine Mutter hatte zwar für die lange Reise Vorkehrungen getroffen und fast zwei Dutzend Nuckelflaschen mit Babynahrung abgefüllt. Doch weil sich keine Kühltasche auftreiben ließ, verdarb sie auf halber Strecke. Aus unerfindlichen Gründen war auch ihre Brustmilch versiegt, vielleicht lag es daran, dass sie mit einem offizielleren Empfang gerechnet hatte, vielleicht war auch die defekte Heizung schuld, die kurz nach der Abfahrt aus Istanbul ausfiel.

Die eigentliche Enttäuschung stellte sich bei dem Anblick unserer neuen Behausung im verheißenen Land ein: Eine zwölf Quadratmeter große Einzimmerwohnung mit Nasszelle und abgegliederter Küchenzeile, ein schauriges Kabuff, das meine Eltern ein halbes Jahr lang mit einer anderen Gastarbeiterfamilie teilen sollten. Erst viel später, nachdem mein Vater in den Techniken der Ledergerbung unterwiesen und zudem zum Sprachmittler aufgestiegen war, konnten sie den Verschlag gegen das oberste Stockwerk eines Gastarbeiterlagers tauschen.

Es war ein trostloser Einstieg in das, was die ersten Vertragsarbeiter als das »Deutschlandabenteuer« bezeichnen, als die Zeit, die in ihre Herzensfibern und Gelenkkapseln Sporen der Bekümmerung setzte. Auch wenn die meisten nach Deutschland mit dem Gefühl aufbrachen, das große Glück habe nach ihnen gepfiffen, und nach ihrer Ankunft mit dünner Armeleutegrütze vorlieb nehmen mussten – sie alle hielten sich daran, dass Arbeitsamkeit die beste Lotterie sei. Also füllten sie Fabrik- und Montagehallen, standen oder saßen am Fließband, wuschen und putzten Böden blank, bekamen eine Anstellung bei der Müllabfuhr oder verdingten sich als Toilettenpförtner. Sie waren ins Land geholt worden, um ehrbarer Arbeit nachzugehen, und das taten sie denn auch, ohne sich an dem Mangel an Ansehen zu stoßen, der mit der Art ihrer Beschäftigung einherging. So gesehen fiel es meiner Mutter nicht ein, sich die Nase zuzuhalten, wenn mein Vater den recht strengen Geruch der Gerbermittel ausdünstete, mochte er sich noch so oft mit dem Lappen abreiben.

Es ist besonders in unserer Zeit eine Binsenweisheit, dass kein Mensch mit einer strengen linearen Biographie aufwarten kann. Der Versuch, Einzelne wie Kollektive zugunsten vermeintlicher Erkenntnisgewinne zu vereinheitlichen, muss in einer Art Küchentischethnologie enden. Wer von Zusammenprall und Unverträglichkeit spricht, muss sich früher oder später mit dem Umstand abfinden, dass die Konfliktlinien nicht zwischen den Kulturblöcken, sondern vor allem innerhalb der Kulturkreise verlaufen. Eine Schafherde bleibt zusammen, weil die Hirtenhunde sie zusammentreiben. Menschen haben es an sich, dass sie die angestammten Schollen verlassen und neue Siedlungen aufsuchen.

Meine Mutter beispielsweise ist Tscherkessin und kommt aus dem Kaukasus. Ihre Sippe entkam nur knapp der Deportation nach Sibirien; das geschah in der Zeit, als Stalin mit eisernem Besen fegte und auch das kleine Tscherkessenvölkchen seiner Zwangsumsiedlungspolitik zum Opfer fiel. Nicht vielen gelang die Flucht an die türkische Schwarzmeerküste, und die es doch schafften, wurden über Nacht türkische Staatsbürger. Mein Vater wiederum gehörte der dritten Generation der Balkanflüchtlinge an, die sich nach der Weltkriegsniederlage und dem Zusammenbruch des Osmanischen Reiches in das türkische Kernland aufgemacht hatten. Ich bin im anatolischen Bolu geboren, meine achtzehn Monate jüngere Schwester ist gebürtige Berlinerin. Kann man vor solch immensen Zeitzäsuren und biographischen Brüchen noch von einer einzigen Identität sprechen, die alle Altersklassen in der Geschlechterfolge in Haft nimmt? Irreguläre Lebensläufe aus Zusammenbruchsszenen sind das wahre Gesicht der Einwanderung.

Meine Mutter ist noch immer ein tscherkessisches Frauenwunder, die hohen Jochbögen spannen die Haut der Wangen, die keines Rouges bedürfen, das sich am Nachtkissen abreiben ließe, und von ihren Fesseln schwärmte einst jeder beflaumte Jüngling in der Nachbarschaft. Der Zuchtrute ihres Vaters in die glückvolle Ehe geflohen, verbarg sie sich als frische Ehefrau nicht mehr den Blicken und legte ein buntes Seidentuch aufs Haar, Scheitel und Stirn aber frei, die Tuchzipfel um den Zopf am Rücken gewunden und zum leichten Knoten geschürzt. Wenn sie im Zinnzuber die weißen Hemden meines

Vaters wusch und die Kragenspitzen erst mit Kernseife anstrich und aneinander scheuerte, sprach sie von den wundersamen Umständen meiner Geburt: Ich sei an einem Freitagmorgen um vier Uhr siebenundfünfzig zur Welt gekommen, knapp drei Minuten später sei der Ausruf zum Morgengebet von den Zinnen des Minaretts erschallt. Sie habe sich gefühlt wie ein Wild im Wundbett, und als sie sich aufstützte, um meine Geburt nicht zu verpassen, habe sie das Wunder erblickt: Ich sei nämlich in einer unversehrten Fruchtblase zur Welt gekommen. Angelockt vom Schrei der Hebamme lief das Krankenhauspersonal zusammen, und auch einige herangehumpelte Kranke seien unter dem Pulk gewesen, der sich um das Bett versammelt hatte. Und dann sei die Plünderung losgegangen. Jeder habe sich um ein Stück Fruchtblase gerissen, um es als Amulett gegen den Bösen Blick oder die Widerstände des Versuchers zu benutzen. Die so genannte Juwelenhaut des Neugeborenen ist Gottesgabe, sagte sie, und wer sich damit wappnet, hat leichtes Spiel in kommenden Tagen. Es gibt eine mächtige Liebe, sagte sie, eine Liebe, die das Fassungsvermögen der Hölle sprengt, und wem sie beschieden wird, der braucht kein Balsam gegen Qual und keine Tinktur gegen Querelen. Der Rest der Geschöpfe aber will sich das Nest warm halten, und wenn die Gelenke spröden und das Augenlicht vertrübt, bedarf es erst recht der Wundermittel wie eines Hautstücks der Fruchtblase. Und wie zur Bestärkung kippte sie die Seifenlauge in das Kachelbecken, und das Schmutzwasser strudelte unter lautem Gurgeln in den Ausguss, und was ich noch mitbekam, war das Knacken der Wirbelkörper meiner Mutter und vielleicht noch die roten langen tiefen Rillen an den Fingern. Der ihr anvertrauten Arbeit Genüge tun, nannte sie ihr Tageswerk, egal ob es um die Hausarbeit ging oder um die bezahlte Arbeit im Gastarbeiterlager.

So hießen die streng nach Geschlecht getrennten Wohnheime der Fremdländer Mitte bis Ende der Sechziger. An Komfort hatte man bei der Einrichtung nicht gedacht, doch das war auch nicht Sinn der Anwerbung gewesen. Dafür sorgten dann die Türkinnen, Kurdinnen und Jugoslawinnen selbst. Eine venezianische Gondel, die sich erhellte, wenn man sie an die Steckdose anschloss; Postkarten aus der heimischen Meeresküste, Poster des heimatlichen Tourismusministeriums, Kilims und Teppiche, Wasserpfeifen en miniature und vor allem Häkeldecken, Häkelschoner für die Sessellehnen, Häkelkissenbezüge, Häkeltagesdecken und gehäkelte Klorollenhütchen. Zwei Ängste trieben die Frauen im Wohnheim um: Zum einen die Angst sich versehentlich auf Häkelnadeln zu setzen. Zum anderen die Angst vor deutschen Polizisten, in deren starre Gesichter man nicht wagte hineinzusehen, aus Furcht, man könnte sich mit der Lähmung anstecken. Sie kamen nicht als Freunde ins Haus, das ahnte man irgendwie, und auch wenn sich keine der Gastarbeiterinnen hatte etwas zuschulden kommen lassen, sie liefen vor Scham rot an, als hätten sie gemeinsam verbrochene Gräuel zu verbergen. Das aber ist ein anderes Kapitel.

Mein Vater seinerseits hielt viel von der osmanischen Erziehung, jenseits der Hausschwelle sollten die Torheiten auf das kindliche Mindestmaß getrimmt werden. Er war ein harter Malocher in der Gerberei, und auch wenn er sich in den vielen Künsten verstand, Häute und Felle abzuziehen und in chemischen Säften zu baden – das wahre Mannestalent bestand für ihn darin, sich in die Schale des gestandenen Kerls hineinzuputzen. Nur am Sonntag, seinem freien Tag, konnte er sein Spiegelbild genießen oder wie er sagte, sich guten Gewissens in die Spiegelaugen schauen. Nur der Anzug sei das wahre Kostüm des Mannes. Wer aber keine Ehre im Leib habe, bräuchte sich nicht zu bedecken mit Rock und Überwurf, einem Ehrlosen würde der Zwirn anstehen, als hätte man einem Asphaltspucker Lumpen angeflickt. Früher verlangte man Genugtuung, wies er mich ein, indem man den Ehrenschänder auf blanke Faust oder auf Degen und Säbel forderte. Man konnte eine ganze Batterie zum Schweigen bringen, man konnte sie dazu bringen, in den Abwässern ihrer Sentimente zu baden. Heute, sagte er, und es war das Jahr neunzehnhundertsiebzig in Deutschland, ist Mut eher in einem Totgeschlagenenhaufen zu finden als in den Herzbeuteln der Männer. Das Bekenntnis zur alten Faustkämpferschule, angereichert durch den Kavaliersbenimm, fiel wohlgemerkt in die Zeit einer Rebellion, an der die Besten ihrer Generation teilnahmen: Die Studenten gingen auf die Straße, mit Bannern und Bändern, sie liefen zusammen zu einer Vollstreckungsbrigade, zu einer Sturmfaust, wie ein aus dem Schlaf gerütteltes Hunnenheer, sie lüpften die Talare und schritten erhobenen Hauptes in den Cordon der knüppelnden Ordnungskräfte, und auch wenn am Ende dieser Aufreizung wider den Systemmuff zertretene Saatgefilde und verheerte Fluren übrig blieben – mein Vater war beeindruckt! Und er wurde nicht müde, sich darüber allen mitzuteilen, ob im Vereinslokal oder türkischen Teehaus, ob bei der Arbeit oder im Wohnzimmer. Diese jungen Männer mit den zugewachsenen Backen und der hüftlangen Mähne hatten klopfende Pulse und kippten aus der starren Generationsachse und machten kurzen Prozess mit den schuftigen Tarifen. Im Schatten eines deckenhohen Nippesregals maß mein Vater in schlappenden Operslippern Länge mal Breite des Wohnzimmers, und er verwandelte sich in diesen Momenten von einem geschundenen Gastarbeiter in einen Nachrichtenübermittler, der Agitationspoetik ausstrahlt.

Wer in solch einer Klimazone der Unterschichtskräfte aufwächst, hat sich für sein späteres Leben eins vorgenommen: Er will und wird nicht auf halber Strecke verrecken, um Gottes Willen Nein. Ich spreche nicht nur von einem Aspekt meiner Kindheit, ich spreche von tausend mal tausend Gastarbeiterhaushalten der ersten Stunde, ich spreche von den verschimmelten Arbeiterbaracken, von den Hinterhausbuchten und den Elendkabuffs, in denen wir groß geworden sind, wir – das sind die Zuwandererkinder. Für Sozialromantik hatten weder unsere Eltern noch wir glutäugigen Kids Zeit und Verwendung, dafür saßen wir zu sehr in der Falle der Armut. Arm waren die Verhältnisse, reich aber der Stamm an Legenden und Kalendersprüchen, katechismustauglichen Psalmen und anatolischen Dialekten. Das Elternhaus gab uns einen äußerst relevanten Sprachschatz ein, und unsere Ankunft in Deutschland prägten ein hellwacher Geist und Verstand. Zum anderen kamen wir uns auf einer kalten aufgesprungenen Scholle vor wie Kulissenschwadroneure, die zwischen romantischer Ausdrucksfähigkeit und Plastikmüll der Metropolen ein neues Garn sponnen. Es war, als riefe sich ein ferner geächteter Gott von der Schädelbasis hoch in Erinnerung. Unsere Bußgebete nach mehr Atmosphäre prallten am deutschen Hartschalenhimmel ab. Man muss sich das einmal vorstellen: Hunderttausende Anatolier meist bäuerlicher Tradition finden sich über Nacht verwandelt in das Heer des zugewanderten Industrieproletariats. Und ihre Kinder und Kindeskinder, also vom Sinn und der Temperatur her BauernArbeiterKinder, verlassen die Muster der sozial Deklassierten und begnügen sich nicht nur mit dem Gang durch die Institutionen, wie es einst der deutsche bürgerliche Nachwuchs bis zur Perfektion betreiben sollte. Diese jedoch stießen auf ein wirkliches Kulturvakuum und füllten es aus.

Heute aber toben soziale Ausscheidungskämpfe, und wer bitteschön wird freimütig bekennen, dass er auf einen nicht Deutschstämmigen gewartet habe?

Und noch einmal, man muss sich das vorstellen: Menschen, die die eigene Sprache verlassen, fühlen sich evakuiert, in extremen Fällen sogar entleibt. Und ihre Kinder und Kindeskinder, die Sprosse einer zungenbetäubten Ersten Generation, üben sich nicht nur im Deutschen, sondern auch in vielen Zungenschlägen. Die sprachliche Manifestation unserer Mobilmachung heißt Kanak Sprak, das ist das babylonische Kauderwelsch einer unbedingt auffälligen, unbedingt angestoßenen Generation, auf die dieses Land wirklich gewartet hat. Darin finden sich Brocken aus dörflichen Dialekten und Anleihen aus dem Hochtürkischen genauso wie das metaphernreiche Slang-Stakkato der Straße und der Großstadtszenen.

Ich will an dieser Stelle keinen sprachwissenschaftlichen Diskurs anstrengen, zumal sich Sprachpracht und Sprachkraft über die Ohrenzeugenschaft erschließen lassen. Nur so viel: Kanak Sprak meint Bilderflut, sie bringt Fitness in die Modalitäten, sie stemmt Frische in die Branche. Zu sehr haben sich die Kultursektoren zwischen Mittelstandsnarkose und Witzischkeit eingegraben und sedimentiert. Wenn es denn so sei, dass die wahren Trends und Tendenzen von der Straße kommen, so ist nun eine eingewanderte Unterschicht dabei, ein Feuerwerk an Kulturaufregung zu entfachen.

Es stimmt schon, wenn man Südländerbengels in der Innenstadt gockeln sieht, kommt man auf komische Vergleiche: Die bösen zügellosen Straßenmamelucken bereiten bestimmt wieder einen Raubzug vor. In gewisser Weise mag das aufgehen: Die nervösen Knarrencaballeros auf hohem Plastikplateau wollen sich jene Kapitaldecke holen, von der sie glauben, dass sie ihnen im Rattenrennen um Jobs und Ausbildungsplätze verwehrt wurde. Sie stehen im Eingang von Einkaufskomplexen, sie tummeln sich an den harten Schranken der Clubs, sie mucken zuweilen auf, weil ihnen scheint, als ob sie aus dem Stand eine Art Mobilisationsmagie entfalten müssten: Diese Galane in Stenzschuhen, diese entfesselten Heidenkinder sind Schnellbrenner, die große Pläne in Angriff nehmen, die davon träumen, der heiß geliebten Frau langstielige scharlachrote Baccara-Rosen vor die Füße zu werfen, und die sich nicht jeden abschätzigen Blick gefallen lassen. Es sind die altmodischen Söhne ihrer altmodischen Väter. Und auch ich tat mich in jüngeren Jahren hervor. Auf die Frage unseres Deutschlehrers nach unseren Berufswünschen sagte ich arglos, ich wolle mich später doch in der Kunst umsehen, in Schrift und Bild etwas bewerkstelligen. Daraufhin gab er mir den in seinen Augen weisen Rat, ich sollte mich doch bitteschön nicht verheben und Kfz-Mechaniker lernen, das sei Kunstfertigkeit genug für einen Türken. Jeder von uns hat sein persönliches Damaskuserlebnis. Ich wurde über diese Zurechtweisung im Klassenraum auf künftige Einschreitungen sensibilisiert. Ich drehte den Spieß um, die anderen Jungs waren Goldlöckchen und Labello-Benutzer, ihre Schönheit war nicht meine Schönheit, ihre Gefühlsbörse war nicht mein Pathosmarkt. Und also war ich erst recht nicht mehr zu halten, und die sogenannte Fremde, von der es heißt, dass wir Türkisch- und Kurdischstämmigen sie ein Leben lang im Herzen tragen wie ein Kleinod, verbrauchte sich sehr schnell.

Wenn die Siegel brechen, wenn man aus den Klausen und Abseiten ausbricht, ist das Fremdheitsgefühl ein doppelter Vorstopper. Entgegen der landläufigen Meinung von Minderheitsforschern und Türkenethnologen vergeuden wir unsere Zeit nicht damit, uns aus der deutschen Öffentlichkeit herauszuhalten. Was ist das überhaupt für ein dummer törichter Vorhalt: In der medialen Inszenierung wird »der Türke« als eine Mischung aus Negerkalle und Wohnsilomucker imaginiert. Er hockt auf seinem Holzschemel, zieht an seiner Gebetskette oder geht vor einem blutrünstigen Wüstengott in die Knie. Nach der Erinnerung von Miniaturmoscheen rechnen sowieso ganze Dörfer mit dem baldigen Sturm der Hunnenhorden aus Kleinasien. Der Argwohn gegenüber den Zuzüglern und ihren Nachkommen speist sich nicht etwa aus den importierten Kulturkreisphänomenen der Einwanderer, aber aus einer alten deutschen Tradition der Skepsis Fremden gegenüber. Wie ist es sonst zu erklären, dass man sich hierzulande gegenüber seinen Türken verhält wie der TÜV zu ausländischen Fabrikaten. Immer wieder wird nämlich die scheinheilige Frage gestellt, ob der Türke »unseren« Sicherheitsstandards entspräche. Auch wenn die Experten – und solche, die sich dafür halten – bei ihrem Lieblingsforschungsprojekt einen absurden Maßstab anlegen – es zählt schließlich doch nur der Erfahrungswert: Die erfahrene Schmach und der erfahrbare Ausbruch eines jeden von uns schmelzen in eins, und wir nehmen hier ein Quäntlein Ehre und dort einen Zentner Akkordarbeit, um nie wieder in die Baracke zu kriechen, aus der wir kommen.

Der Name Gottes muss sich zu allen Anfängen brauchen lassen, sagte mein Vater. Und ich dachte: Stimmt, was zum Hahn werden will, rötet bald den Kamm. Meine Vorbilder waren schnell ausgemacht. Ich wollte wie Pélé mit einem Seitfallzieher den Ball in den Giebel zimmern. Hieß es denn nicht, er habe Fußball mit Coladosen und Wollbällen gelernt? Ich wollte wie Muhammad Ali den Kolbenhub-Punch landen und dabei aussehen wie ein beherrschter Kombattant. Diese

Götter im Glamourhimmel hatten sich aus der Gosse hochgerackert, doch man sah ihnen den lausigen Zorn nicht an, der Emporkömmlingen anhaftet. Sie brauchten keine großen Worte zu machen, und wenn ihnen der Mund überlief, landeten sie im knallharten Frontslang der Unterschichtsviertel Treffer ins Schwarze. Anfangs wurden sie verhämt und verlächelt, es gab sogar Experten, die sich für die miesesten Hautfarbenressentiments nicht zu schade waren: »Die Bimbos« sollten lieber wie gehabt ihre Hintern mit Maishülsen abwischen anstatt Weißen olympische Kategorien streitig zu machen. Pélé und Muhammad Ali standen mit Leib und Seele für Kraft und Herrlichkeit, sie verkörperten für mich und meinesgleichen das Zinsgut der Armen, den Rabaukenstolz, die Armeleutewürde, die sich wenig schert um die expressionslaue Konversation von Gaudi-Gymnasiasten.

Also zog ich los, einen wunderbar mischmaschigen Halbstarken-Radau anzuzetteln, getrieben von der Unrast der Bastarde, gepeitscht vom Schalkdämon im Busen, fein- und feschgemacht, im prunkigen Rezessionshalunkenlook. Meinem Vater gefiel meine Aufmachung weniger gut, er sagte, ich sähe aus wie ein gepuderter Grützbeutel, und er würde an seiner Kummerkette ziehen, um mich gesund zu beten. Meine Mutter hielt den Vergleich mit einem gammligen Apfelbutzen für gerechtfertigt. Meine Schwester hielt dagegen, sie zöge eine angemalte Honigmotte einem öden Stubenhocker vor. Sie und ich, das war wie schön und rüde in einem Stall. Während ich mich umtat, als säße mein Kopf auf einem Drehzapfen, machte sie in aller Stille und Reifung ihren eigenen Schauplatz auf. Sie hatte sich für einen Bruch ihrer Beziehungen zu den heimatlichen Sprach- und Sittengütern entschieden und betrieb die mähliche Wurzelkappung mit den Mitteln der Bilanzrechnung: Rechnete sich der Aufbegehr, wie hoch war der Nutzeffekt der Revolte anzusetzen? Sie hielt sich an quietschpinken Nagellack, an Mascara, die ihre Wimpern nicht zu Sternchen verklebte; sie kämmte die schwarzen Locken an den Schläfen aus und hellte die Brauenschwünge keck auf. Zorn und Hader waren nicht ihre Elemente, sie wollte, wie sie sagte, nicht wie ein Kind gegen die Stäbe des Laufstalls poltern. Sie stimmte sich auf ihren Grundakkord ein, auf einen Frohgesang, der mit den billigen Melodien und Tuschs der Alltagsödnisse wenig gemein hatte. Sie und ich, wir waren in der gleichen Wiege gewiegt worden, und sie und ich, wir brachen jeder für sich mit der uns zugewiesenen Lebensfrommheit. Es war und ist eine Zeit nach den Alten, es war und ist eine Zeit, in der die Jungschen, zerrieben von McJobs und Praktika, die Meisterröstung suchen, das brummende Insekt namens Erlösung, die Freiheit von Bettelstand und Barackenbrot. So wie meine Mutter in den Sonderschlusswochen aufblühte und an den Stoffen und Schürzen in der Grabbelkiste zerrte, so waren auch wir unbedingt aufgelegt, loszupreschen und Front zu machen gegen Kammerton und Katzenjammer.

Heute sind meine Schwester und ich die ungeratenen Kinder, auf die unsere Eltern stolz sind. So hatten sie sich das nicht vorgestellt, die Tochter eine Schauspielerin, der Sohn ein Wort- und Schriftsetzer. Die Jahre der Kämpfe um unsere Zukunft liegen zurück, der Unfriede ist gebannt, und mein Vater, nunmehr ein frohgemuter Rentner in seiner halben Heimat, der Türkei, bringt ein Lebehoch aus immer dann, wenn die Familie versammelt ist und uns allen eine seltsame Kraft in die Glieder fährt. Die Widerstände und Anfechtungen in Almanya haben uns nicht auseinander gerissen, so denkt er, und ich kann seine Gedanken lesen, jeder hat seinen Strauß ausgefochten, jeder hat seine starre Ummantelung, den knochenharten Kokon, gesprengt, jeder hat Fleisch von seinem Fleische und Schweiß von seiner Stirn gegeben.

Einst zogen die Kontraktarbeiter durch güldne Portale ins Wirtschaftswunderland, das Leben schmeckte ihnen wie ungesalznes Kraut, und aus Angst, das Altehrwürdige umzustoßen, gingen sie dicht an den Häuserfronten entlang wie klattrige Fohlen. Die Frauen kamen in bunten Gewandungen, weil dies Trachtentuch als Augenschmaus gegen ihre Müdigkeiten half, und nachts schreckten sie aus dem Albtraum auf und fassten sich an den Ausschnitt ihres vielfarbigen Nachtkittels, wie das Kind, wenn es im dunklen Zimmer erwacht, zum Sorgenpüppchen unterm Kissen greift. Mann wie Frau erlitten sie die Siechtümer von Fremdländern, die neue Herkünfte und neue Behausungen schaffen müssen, wollen sie nicht in Schutzquartieren vergreisen. Wenn mein Vater am Suchlauf des Radios drehte, um die Frequenz eines türkischsprachigen Senders zu erwischen, nahm er sich eine Auszeit von Herzensgram. Eine altmodische Volksweise putzte ihm den Grünspan der Zermürbung vom Angesicht, wie er sagte, und er konnte sich die niedrige Decke wegsingen. Diese Gesänge gingen mir in Fleisch und Blut über, und noch heute stimme ich ein Lied aus vergangener Zeit an, wenn die vier Pfähle meines Zimmers wie Sklavenpfosten anmuten. Vor den Migräneanfällen meiner Mutter waren wir auf der Hut, der Schmerz konnte sie aus dem Stand anfassen, und dann hieß es, die schweren Samtvorhänge zuzuziehen und den Lichtschein auszusperren und blitzschnell mit der schwarzen Stoffstreifenrolle zur Hand zu sein. Ich habe den bandagierten Kopf meiner Mutter vor Augen, sie schnürte sich regelrecht die obere Gesichtshälfte zu, so als wollte sie einen Stachel auspressen, und bedeckte beide verblendeten Augen zusätzlich mit den Handrücken. Sie nannte sich dann »die verschleierte Frau« oder »die Blinde, die den Spiegel verwehrt«. Sie ironisierte ihre Verkümmerung, und diese ihre bewusste Kabarettisierung des Elends half mir später, mich vor ethnischer Hysterie und Selbstgerechtigkeit zu feien. Ich habe gelernt, dass die Sprache im verstörten Fleisch, in ramponierten Körpern ein zeitweiliges Domizil findet, dass das gesprochene wie das geschriebene Wort Heiligtümer aus Geschicken und Schicksalen bauen. Wer sich wie ich den Menschenlandschaften verschrieben hat, der kann nicht in eitlem Minnesang und hohler Hofkunst aufgehen, der muss und will auf das Recht der Alten wie der Jungen pochen. Von der Generation der ersten Stunde bis über die zweite, dritte zur vierten Generation strömen hunderte und aberhunderte Legendenrinnsale zum großen Erzählstrom zusammen. Er vereint Geschichten vom Kampf um Recht und Aufenthalt, von Stolz und Würde, von Esprit und Schickness, von orientalischer Opulenz und großstädtischer Eleganz. Es gilt, als Chronist Zeugnis davon abzulegen, denn später wird es heißen: Die Geschichte der Zuwanderer, ihrer Kinder und Kindeskinder, ist die Geschichte von herkunftsfremden Deutschen, die trotz Kränkung und Demütigung, trotz Politikerpopulismus und Fremdenhass geblieben sind. Sie sind geblieben, weil es sich lohnte zu bleiben in diesem Land.

Kieler Kunststücke

Der Pferdemetzger hat mir zugerufen, ich könnte, wenn's angeht, 'ne Scheibe von der Rossflanke kriegen, die Probe machen, denn Salami vom krepierten Pferd kommt besser als 'ne zerhackte Schweinepfote in Sülze. Das lasse ich mal lieber, geh weg und raus aus dem Exotikdelikatessenladen, in dem ein Neger arbeitet, ein schwarzes Dingenskirchen, wie er, der mich mit'm Rinderhirthandschlag anklopft, sich benennt. Meine Route in die Innenstadt is'n einfaches Zickzack: Die Kirchhofallee bis zur zweiten Ampel runter, rechts ab und an der 1. Kieler Beerdigungs-Zuschusskasse vorbei, das letzte Drittel der Ringstraße ablaufen, und man steht Angesicht zu Angesicht vor'm bunkertoten Bahnhof, eigentlich 'ne Wallanlage, dass man sich im schnellen Trab nicht plötzlich vorm Wasser der Ostsee findet.

Den Sonntag fürchten in Kiel die Sonntagshasser. Wie oft sind sie in der Theorie ihr Leben losgeworden, und am Christenschabbath kommt's ihnen vor, als müssten sie einfach zum Wasser runter und ihren Geist aufgeben, Schluss mit den klopfenden Pulsen, Schluss mit Brötchenjob und 'nem angebrochenen Romanding, das noch auf die Erfindung von 'ner Pointe wartet.

Wer aber die bessere Selbsttötung sucht, der fährt mit'm Bus zur Plattenbausiedlung Mettenhof raus, dauert maximal eine letzte Dreiviertelstunde, und steigt die fast dreißig Stockwerke des »Weißen Riesen« hoch, um die Schwalbe zu machen. Es waren Jungs und Mädels mit Fünfen im Zeugnis, die sich runterfallen ließen, in Kiel treibt unerfüllte Liebe keinen zum festen Entschluss, das Elternhaus hat's dem Nachwuchs schon gut beigebogen, was in Filmen wahr ist und bestimmt nicht toll kommt inner Landeshauptstadt. Das Pensum sitzt, freie Liebe gibt's hier vor Ort fast nur unter Hascheinfluss, und die Kids machen's den Pfahlbürgern nach, nur eben etwas eleganter.

Gegenüber vom Bahnhof hat'n Eckgeschäft die totale Produktpalette für'n besseren Kiffer: Batikschnupftücher, Hanf- und Anarchistenamulette. Eklig dünne Silberringe, Totem und Tabu, Tinnef und Indianermarxismus. Die Frau am Tresen hat 'ne Laune wie 'n sedierter Molch, und wenn sie spricht, tut die Wissenschaft einen Schritt. Ne deregulierte Psyche im kalten Quartier, und auch sie will mit 'ner Brigade von Frauassistenten 'n paar Mark schnappen innen Zeiten, wo nur die Hehler und Kokshöker was von freiem Kapitalfluss reden können.

Ich kenn' einige im korrekten Tuch, die haben fünfzig Pfennig in 'ner Tasche und sammeln Kippen vom Pflaster auf oder stöbern nach zermatschten Schnapspralinen im Müll oder greifen Pfandflaschen ab oder brüllen einfach nur los mitten auf der Straße, gern an Bushaltestellen, dass die Scheiße am Kochen ist und leben nicht genügt. Das Elend blutet nur so runter, und wer so 'ne schwelgerischen Gefühle aus'm Viehhof offen ausschwitzt, dem droht schon mal'n braver Passant mit'm Backensolo in Moll. Es gibt mindestens zwei Kneipen, da ist die Psychopathendichte an Wochenenden oder samstags um halb zwei mittags, besonders unerträglich, da zucken die Leute an den Tischen wie Hefeteigmäuse mit Bindfadenschwänzen. Und die Kellner fragen sich im Stillen, warum sie in Gottes Namen nicht brav an der Uni ihre Scheine gemacht und ihre Easyriderträume hochgezogen haben.

Ausgerechnet so einem Deklassierten laufe ich über'n Weg, der hat seinen freien Tag und will sich heut die regalvolle Konsumwelt geben, der ist im zweiten Semester Anatomie auf die offene Leiche umgekippt, den haben sie aus'm Präpariersaal rausgetragen, weil er's nicht gepackt hat, mit 'ner Chirurgenpinzette die Lymphknoten aus der Achselhöhle frei zu schaben, weil's nach Formaldehyd und totem Fleisch gestunken hat. Jetzt is er 'ne Silhouette, mager und 'n nervöser Lippenfresser, er macht 'ne vierzigtägige Trennkost-Diät, denn seine Braut liebt es, seine Rippen zu zählen und nicht die Falten im Bauch.

Vor Jahren hat die Stadt besetzte Häuser geräumt, und 'ne Kaufhölle angebaut und sie auf den Namen Sophienhof getauft, jetzt flanieren die Bürger nicht nur an der Förde entlang, sie können auch sechs Tage inner Woche die blank gewischten Schaufenster begaffen und 'n Gefühl kriegen, dass man für sein gutes Geld auch was geboten bekommt. Und dann is' da noch die junge Albanergarde, die lehnt vor'm Eiscafe ann'er Brüstung und macht 'ne Stunde voll mit 'm Blickduell hier und 'nem gelenkigen Hüftengang dort, Situationsgaudi der Balkankosaken, die auch nur mit mickrigen Attraktionen auf der Hahnenkoppel aufwarten können. Da steht die Schmachttolle der Unterschicht gegen 'ne Billiglohndekadenz einheimischer Kids, die Messerstecherperfidie gegen im Potnebel zerstrahlte Körper. Die Spanferkelverachter, die jungen Moslems auf'm Papier, sind jedenfalls inner Überzahl, jedenfalls hier im unspannendsten Teil des Kaufkomplexes. Mehr als 'ne kesse Büberei hält der Alltag nicht bereit, und wer flieht, der flieht, weil er tagein tagaus von etwas Kaltem berührt wurde, und wer floh, meinetwegen nach Berlin, der kommt nach 'nem Jahr wieder zurück, so als wär er kurz hinterm Busch verschwunden. Nix hat's gebracht, ein Jahr ausgehn und Bier saufen und die Schütte runterrutschen, ein Jahr alle Welt und den Kiez angaukeln, ein Projekt am Laufen haben, aus dem doch nichts wird, und also wieder zurück sein, mit dem Rostfraß der Zermürbung im Gesicht. Jeder von den Heimgekehrten ist trotzdem besser dran als der Großteil des Kieler Volks, denn das höchste der Gefühle hier is', dass man 'n tolles Jäckchen im Schlussverkauf gekriegt oder die Raffzähne per Spange korrigiert hat. Und die harten Burschen rühren ihren Kaffee mit dem Zeigefinger um und polstern ihre Taschen mit 'ner Ladung Taschentüchern, damit sie den Schritt ausstellen und herbe punkten können als Zuchtmacker. Der dirty Boogie der Kanakster is gusto autentico, doch wer will's wissen, vielleicht die Stadtpostille, die im Regionalteil wieder mal 'ne Geschichte aufmacht von'nem knarrenirren Bühnendramatiker, der kurz aufmüpft und sich dann schon wieder ins Wundbett legt vor lauter Verlegenheit.

Die Leute stecken im Ganzkörperharnisch, und die Empörung is' ein Akt der Gnade, kein Ausbruch, keine Meuterei, man macht gern halbe Sachen, man hängt auch mal zur Weihnacht Ananasgeleesternchen an die Tanne, und überhaupt will man die Gunst Gottes nicht in Kleingeld wechseln. Das sagt mir 'n Bruder vor H&M, und er hält die Tüte auf und strahlt wie'n Gesalbter, weil er mit seinen Einkäufen noch unter fünfzig Mark liegt, Hose, Pulli, Socken, alles für etwas mehr als vierzig Mark, und dann sagt er's nochmal: Wechsel mal Gottes Gunstbeweise nicht in Kleingeld!

Auf der einen Seite: Verruchte Schnäppchengreifer kurz vor'm Gesichtsverlust; auf der anderen: Noch echte banale Mittelklassebourgeois, wie's eben üblich ist inner Provinz, wo man nur in kleine Sträucher pissen kann: noch echt in Amt mit Senatorenfratze zwischen feuchten Girlanden, unter nassen Markisen, unter'm heilen Regenschirm. Es sind die, die noch fragen im Bistro-Restoran: Können sie mir bitte die Essensreste eintüten! Und die Altersjungen unter ihnen treibens gelassener: Den Rest ins doggy-bag einpacken!

Ein Viertel der Jugend is' in Kiel Kellner oder Praktikant innem weiten Berlin, von dort krieg' ich schon mal eine Karte, kunstbeschaffen, junkig und voll im Rock der Kiezgalanten. Carsten schreibt: Ich bin zu einen Gatecrasher ausgewachsen, du weißt, das sind die, die in die Phalanx der Türsteher eine Bresche schlagen. Ich hatte mal was kurzes mit einer Polin, das ist vorbei und vergeben. Bist du immer noch Kieler?

Gut hübsch is' man vor allem hier, eingemacht in Seglerjacke und mit'm nordtypischen Klarnamen gesegnet lebt man wie 'ne Windsmischung aus Torf und Turbine, und hält den Kopp zwischen den Achseln, als sei der Schädel nur'n Teil der Anatomie. Nur die Schlussverkäufe haben Mobilisationsmagie, und weil ein Kaufkomplex zu wenig hermacht für 'ne Landeshauptstadt, gibt's seit neuerdings auch am anderen Ende der Käufermeile 'n zweiten Bau aus Glas und Stein. Die Läden sind derart leer, dass der Hausdetektiv lieber man nicht auf'n Plan tritt, um nicht aufzufallen. 'N paar hackevolle Ausflugsdänen, drei vier Landgören aus Pinneberg und der Pappi nach Dienstschluss, auf ihr Blag eindreschende fette Türken- oder Negerliebchen, und 'n Bekannter Psycho, der annem Stück Starkstromkabel nagt: Man kennt sich, Ross und Reiter sind bekannt, und alle sehen irgendwie aus wie Miserenpopper, wie auf großmännisch gehübschte Hüttenhuber.

Auf'm Rathausplatz treff ich Frisös Aysel, kernbraun dank Kunstsonne und auf Kommaabsätzen, die knapp über der Spitze von 'ner Strasskugel umgriffen sind, einst hatte Marlene Dietrich solche Pumps an ihren schönen Füßen. In der freien Zeit postiert sich Aysel vor'm Standesamt und betreibt Hochzeitschauen, heut beschmeißt sie 's Brautpaar mit 'ner Hand voll Reis, und weil sich's immer schickt romantisch zu sein, kriegt sie nasse Augen vom Wunderbaren. Von Gaukelbildern wird man augensatt und niemand will dazwischengehen und sagen, bald habt ihr beiden eure Scheidung, bald dürft ihr um 'nen mickrigen Hausrat streiten, bald habt auch ihr inner Ehebranche euer Maß voll. Von der Schmach hat man sowieso genug, man lässt die Angeber und Serailhüter ihre Stände bilden, an ihren faden Manieren feilen und ihr Bier trinken. Es ist gar schlecht, wenn man die Leute gesundbeten muss, hier in Kiel wie anderswo.

Nur dass in der Provinz die in Freidenkerei Ergrauten wegen der Reizarmut der Nächte viel mehr Anlässe hatten, von der Plastik der Jungschen wegzukommen: Das bringt auch mich dazu, ein Paar stadtflüchtigen Kumpels nach Berlin zurückzuschreiben, es ginge mir gut und der Kampf wider die Strohsternbastler eben weiter.

Frisös Aysel muss weiter zum nächsten Termin, und ich sag, wenn's passt, kannst du mal reinschaun, ich wohn' inner Straße zwischen Pferdemetzgern, und Blumenbinder, und gegenüber is' die Mangelstube, da kannst du stundenlang zusehn, wie 'ne Mulattin gestärkte Bettwäsche zurechtfaltet, und die Kundschaft kommt und empfiehlt weiter.

Um Kopf und Kragen
Galaxy im Gespräch I

Herr Zett

Galaxy Herr Zett, Ihr letzter Roman »Traumwege« hat im Feuilleton eine erregte Debatte provoziert, in der um die Frage gestritten wurde, ob die von Ihnen propagierte Stirnbegradigung und Nasenverkleinerung bei eingewanderten Orientalen offener Rassismus ist. Sie sind türkischstämmig …

Herr Zett … und habe mir die Nase operieren lassen. Ich gehe also mit gutem Beispiel voran. Seien wir doch ehrlich: Der Anblick eines Fleischklumpens mit zwei Atemlöchern löst Ekelgefühle aus. Das muss weg, diese Menschen bleiben ja nicht zu Hause, sondern nehmen am öffentlichen Leben teil. Also ich möchte mich nicht immer gezwungen sehen, mich wegzudrehen, wenn neben mir ein fremder Nasenbär am Bartresen lehnt.

Galaxy Die wenigsten Menschen teilen Ihre Gefühle und Ihre Ansichten. Man wirft Ihnen Sensationsschreiberei vor, wie es der prominente Literaturkritiker Cori Carls formuliert hat.

Herr Zett Er hat weiterhin behauptet, »Traumwege« sei Petroleum für die Volksseele. Er muss eben seine tägliche Seite voll kriegen. Meine Bücher finden reißenden Absatz, mein treuer Leserstamm dankt mir in Hunderten von Briefen, dass ich ihnen neue Welten erschließe. Ich gelte nicht umsonst als der einzige nonkonformistische Bestsellerautor des Literaturkanons.

Galaxy Zurück zu Ihrer Nase. Was hat Sie zu diesem Schritt bewogen?

Herr Zett Ich habe einen starken Bartwuchs, also muss ich mich täglich rasieren. Wenn Sie sich jeden Morgen im Spiegel anstarren und sich sagen: Dieses Organ in der Mitte meines Gesichts ist keine Nase, sondern ein eigenes transpirierendes Tier ... dann haben Sie ein Problem. Sie haben sogar 365 Probleme im Jahr.

Galaxy Das war der alleinige Grund?

Herr Zett Nein. Wenn ich mich schnäuzen wollte, habe ich eine halbe Taschentuchpackung aufgebraucht. Meine Freundin hatte große Schwierigkeiten mir einen Kuss auf die Lippen aufzudrücken. Sie musste sich von unten hocharbeiten. Wenn man bedenkt, dass Sie mich um eine Kopflänge überragt, wird man sich vorstellen können, wie lästig es auf die Dauer sein kann.

Galaxy Ist sie jetzt zufrieden?

Herr Zett Wir haben uns getrennt. Sie wünscht sich einen ganz normalen Mann, mit dem sie kuscheln möchte, während die Räucherstäbchen abbrennen.

Galaxy Sind Sie ein Rassist, Herr Zett? Verzehren Sie sich in Selbsthass?

Herr Zett Ach, wissen Sie, nein. Ich glaube nicht. Ich habe einen Job, den ich ernst nehme, ich schreibe Bücher. »Traumwege« ist im November 2000 erschienen, verlegt bei LitPress, Hardcover, kostet 49,80 DM.

Galaxy Sie sind uns die Antwort schuldig geblieben ...

Herr Zett Was wollen Sie hören? Soll ich mich hier als Rassist outen? Ich sage nur: Leute, macht eure verbeulte Stirne weg. Ich sage: Die Nase darf die Oberlippe nur geringgradig überragen. Wir leben im Land der arischen Nasen.

Galaxy Das stimmt so nicht. Sehr viele von den Alteingesessenen entsprechen nicht Ihrem Idealbild. Sie kommen deshalb noch lange nicht auf die Idee, Sie würden nicht dazugehören oder unangenehm auffallen.

Herr Zett Nehmen wir den Fall Jocelyne Wildenstein. Man kennt sie besser unter dem Namen Catwoman. Sie hat ihre Augen mongolisiert, die äußeren Augenränder sind zu den Schläfen hochgezurrt. Ihre Mundwinkel hängen an Hautfalten, die zu den Wangenknochen führen. Sie hat nach einer langen Reihe von chirurgischen Eingriffen das Aussehen einer Katze bekommen …

Galaxy Was hat die Katzenfrau mit ihrem Vorschlag zu tun, alle Orientalen in Deutschland müssten sich ihrer neuen Heimat auch äußerlich anpassen?

Herr Zett Auf den ersten Blick gar nichts. Wenn man weiß, dass sie in einem großen Haus mit einen Haufen von Katzen und Katern wohnt, sieht die Sache schon anders aus. Sie war die Minderheit, sie wollte nicht als Mensch herausstechen, also hat sie eine großartige Integrationsleistung erbracht.

Galaxy Nach Ihrer Logik müsste sie eigentlich auf vier Pfoten herumlaufen und miauen.

Herr Zett Fragen Sie sie. Ich bin mir sicher, dass sie es nicht nur bei Gesichtschirurgie belassen hat.

Galaxy Unseres Wissens ist sie Model und führt Dalmatinerfellprintstiefel vor …

Herr Zett Fragen Sie sie. Ich weiß es aus sicherer Quelle, dass sie ein Herz für Katzen hat.

Galaxy Sie haben Ihre Lesetour abgebrochen, nachdem Sie auf einer Lesung körperlich attackiert wurden.

Herr Zett Eine Meute krimineller Straßentürken hat mich mit Eisenstangen angegriffen. Die Sicherheitskräfte konnten sie gerade noch bändigen. Diese Leute sind primitiv, sie tragen keine Strümpfe und fummeln zwischen ihren Fußzehen herum. Man sollte sie in das nächstbeste Flugzeug stecken und über Zentralafrika abwerfen …

Galaxy Das ist eindeutig rassistisch, was Sie soeben geäußert haben!

Herr Zett Na und? Glauben Sie, es hat mir Spaß gemacht, auf meine frisch operierte Nase einen Schlag mit der Eisenstange abzukriegen? Die Nächte sind eine Qual, ich kann nur durch den Mund atmen. Natürlich wünsche ich diesen Hooligans Tod und Teufel an den Hals!

Galaxy Sie sehen keinen Zusammenhang zwischen Ihren gewagten Thesen und dem Zwischenfall?

Herr Zett Es fehlt nur noch, dass Sie Ihre Sympathie für diese Gewalttäter offen zum Ausdruck bringen. Ich muss doch wirklich bitten! Mir fällt außerdem ein anderes Beispiel ein, wie selbstverständlich Menschen mit ihrem Körper umgehen. Bülent Ersoy, eine der Top-Interpreten der Türkischen Höfischen Kunst, war gebürtig ein Mann und fühlt sich nach einer Geschlechtsumwandlung seit Jahren pudelwohl in ihrer Haut. Schnipp Schnapp, und das unnötige Gewicht verschwand im Formaldehydglas …

Galaxy Sie hat es aus freien Stücken getan. Sie rufen den deutschen Gesetzgeber auf, die Zwangschirurgie bei Einbürgerungen einzuführen. Der Sprachtest ist für Sie »ein Witz, weil die Kanaken zu blöd sind, das eigene türkische Alphabet zu buchstabieren«.

Herr Zett Was Bülent Ersoy anbetrifft: Er fühlte sich mit der unnötigen Gottesgabe zwischen seinen Beinen unwohl. Seine Mutter erzählt, beim Windelwechseln habe das Baby Bülent vor Schreck immer einen Schluckauf bekommen. Der Anblick seines Pipis war zu viel.

Das nennen Sie eine freie Willensentscheidung! Das Zitat stammt aus einem Interview, das ich dem Flensburger Volksblatt gegeben habe. Der Journalist und ich haben die halbe Nacht dem Anisschnaps zugesprochen, wir waren hackevoll. Man darf diesen Ausspruch also nicht auf die Goldwaage legen. Übrigens: Raki sollte man ohne Eis trinken. Denn der Alkohol kristallisiert sich um die Eiswürfel, und der Geschmack ist hin.

Galaxy Danke für den Hinweis. Ihre Schriftstellerkollegin Nesrin Fesatoglu ruft zum Boykott Ihrer Bücher auf…

Herr Zett Die Nesrin, ja, ein achtelbegabtes Schreiberweiblein ist das. Putzig, wie sie sich aufregt. Mit ihrem Damenbärtchen sieht sie aus wie die Gespielin einer Hardcore-Lesbe. Mitten in der Lektüre eines ihrer Gedichte musste ich unvermittelt erbrechen. Sie schuldet mir das Geld für die Reinigung der Damastfrühstücksdecke.

Galaxy Der Filmemacher Ali Mirzaei beschuldigt Sie, sich billiger Ressentiments zu bedienen und bei der Obrigkeit einzuschmeicheln. Außerdem würden Sie den Nazis zuarbeiten.

Herr Zett Die Wanzen kriechen aus den Dielenritzen. Dass ich nicht lache, von wegen Filmemacher! Dieser Ali hat die Kamera auf die Fassaden von Herrschaftshäusern gehalten, eine halbe Stunde lang und ohne Off-Stimme. In Wirklichkeit kann er nicht mal einen Projektor bedienen. In seinem Heimatland galt er als ein Nichts und Niemand, hier spielt er sich als Exilidiot auf.

Galaxy Ali Mirzaei hat den diesjährigen Bayrischen Filmpreis gewonnen.

Herr Zett Das zeigt uns doch nur, wie die Kultur auf den Hund gekommen ist. Der Mann hat keinen deutschen Pass. Soviel ich weiß, hat er mit seiner Sachbearbeiterin in der Ausländerbehörde angebandelt. Er ist also selber ein Schleimer ersten Grades. Die Bayrische Filmjury muss sich fragen, ob sie deutsche von dahergelaufener Kultur unterscheiden kann.

Galaxy Sie sind doch ein Gastarbeiterkind. Wie können Sie dann derart abfällig über ausländischstämmige Kulturschaffende reden?

Herr Zett Hah, ausländischstämmig ... Wir sind doch hier nicht im Soziologieseminar. Ich will Ihnen mal etwas sagen: Solche Leute wie Nesrin und Ali schlagen Kapital aus dem schlechten Gewissen der Deutschen. Wenn ein Lokalpolitiker feststellt, Hitler war kein schlechter Mann, der hatte eine gute Beschäftigungspolitik, regt sich die ganze Nation auf. Wenn dagegen irgendwelche Kameltreiber darüber lamentieren, dass es ihnen zu kalt sei, bekommen sie Preise und Stipendien. Ich schlage in diesen Fällen die saubere Abschiebungspraxis vor.

Galaxy Die Rechten würden Ihnen für diese Worte Beifall spenden.

Herr Zett Die Rechten frönen einem etwas fehlgeleiteten Patriotismus. Es ist allgemein kein Vergehen, seine Heimat zu lieben.

Galaxy Herr Zett, wir haben recherchiert, dass Ihre Raumhygienikerin Tschechin ist. Sie beschäftigen eine polnische Kinderhüterin. Ihr Lektor hat kurdische Vorfahren ...

Herr Zett Das heißt Putzfrau, und nicht Raumdingsbums. Mein lieber Mann, Sie brauchen professionelle Hilfe. Nichts spricht dagegen, Ausländer für die niederen Arbeiten einzusetzen. Deshalb wurden sie auch seinerzeit angeworben, und daran hat sich nichts geändert. Für die Drecksarbeit sind sie gut genug. Mein Lektor ist ein mutiger Mann, der im Übrigen mit mir konform geht, wenn es gilt, sich von gewissen abartigen Umtrieben zu distanzieren.

Galaxy Mal abgesehen von Ihrer neuen Nase, Herr Zett, können Sie noch in den Spiegel schauen?

Herr Zett Aber sicher doch. Wie gesagt, jeden Morgen, daran hat sich nichts geändert. Eine Gegenfrage: Wollen wir uns hier über Schönheitschirurgie oder über Literatur unterhalten?

Galaxy Wie Sie wollen. In der heutigen Ausgabe des »Frankfurter Allgemeinen Tageblatts« wird gegen Sie der Vorwurf erhoben, Sie hätten seitenweise bei dem türkischen Autor Arif Ekin abgeschrieben …

Herr Zett Das ist doch lächerlich!

Galaxy Arif Ekin ist in der Türkei ein viel gelesener Autor. Kennen Sie zufällig seine Werke?

Herr Zett Nein!

Galaxy Wir haben uns der Hilfe eines staatlich geprüften Übersetzers versichert. Er hat die von uns markierten Passagen aus Ekins Erstlingswerk »Der Abendhauch« übersetzt. Bei der Gegenüberstellung der übersetzten Passagen mit Passagen aus Ihrem aktuellen Buch sind uns frappante Übereinstimmungen aufgefallen.

Herr Zett Das ist eine infame Unterstellung!

Galaxy In »Der Abendhauch« führt uns Ekin in eine hoch industrialisierte Einwanderungsgesellschaft ein. Das Nützlichkeitsprinzip ist dem Harmonisierungsgrundsatz gewichen. Die Immigranten und Asylanten können bleiben, wenn sie sich gewissen chirurgischen Eingriffen unterziehen …

Herr Zett Es ist mir bokegal (=scheißegal, Anm.d.Red.),was dieser Hanswurst für einen Blödsinn verzapft hat. Wenn, dann hat er bei mir abgeschrieben …

Galaxy Das ist schwer möglich. »Der Abendhauch« ist 1992 erschienen, Ihr Werk, wie Sie selber bemerkten, acht Jahre später. Ich frage Sie nochmal: Herr Zett, ist Ihnen der Name Arif Ekin ein Begriff?

Herr Zett Wollen Sie mich jetzt einem Verhör unterziehen? Was bilden

Sie sich eigentlich ein … Sie bitten um ein Interview, Sie kommen in mein Haus und machen keinen Hehl aus Ihrer feindlichen Einstellung. Sie sind ein Gesinnungsbolschewist!

Galaxy Ihr Lektor hat uns mitgeteilt, Sie hätten ihn davon überzeugen können, Arif Ekins Werke nicht zu verlegen …

Herr Zett Raus hier, sofort! Das Gespräch ist hiermit beendet. Schalten Sie das verdammte Diktaphon aus und machen Sie, dass Sie Land gewinnen.

Herr von Talkau-Marl

Galaxy Herr Tassilo von Talkau-Marl, wie lebt es sich als junger Popstar des Literaturbetriebs?

Herr von Talkau-Marl Es steht nicht schlecht um mein Business. Nett, doch.

Galaxy Sie sind fünfundzwanzig Jahre jung und mit Ihren Büchern sehr erfolgreich. Sie gelten als Chart- und Heartbreaker. Jede Fünfzehnjährige, die was auf sich hält und in der Clique mitreden möchte, muss Sie gelesen haben. Taugen Sie als Vorbild?

Herr von Talkau-Marl Ich finde, dass Sie auf keinen Fall als Vorbild taugen. Vor lauter Überdruss pinseln Sie sich Korrekturweiß auf die Nägel, das sehe ich Ihnen an.

Galaxy Freut mich für Sie, dass Sie über so viel Menschenkenntnis verfügen. Was steht eigentlich in Ihren Büchern?

Herr von Talkau-Marl Da geht's um böse böse Jünglinge, die sich Hasskappen überstülpen und die hippe Schrittfolge im Leben durch Koka aneignen und die Schwanzenden nicht angeleinter Terrier und Dackel ankokeln und eintägige Lehrgänge in sachgerechter Fleischzerlegung von Mediennutten in Nullkommanix absolvieren und Frauen in Neckholder-Tops ganz schön scharf finden. So in etwa.

Galaxy Das ist ja wirklich sehr aufregend. Die Helden Ihrer Bücher sind in gewisser Weise durchgeknallt.

Herr von Talkau-Marl Ja unbedingt. Übrigens sehr toll, wie Sie meine Helden durchschaut haben. Die haben nämlich einen Knall. Knall, wie wenn man eine prall aufgeblasene Pausenbrottüte zum Platzen bringt. Da macht es: Knall!!! Und die Leute ringsherum erschrecken sich kolossal, weil damit haben sie ja beim besten Willen nicht gerechnet. So ein Scherz ist auch ziemlich gemein, müssen Sie wissen. Die Leute haben keine hohe Meinung von Ihnen, und Sie sind bestimmt kein Mensch ihres Vertrauens, wenn Sie also beispielsweise eine Pausenbrottüte zum Platzen bringen: mit lautem Knall.

Galaxy Ich verstehe. In Ihrem Erstling »Und raus bin ICH« plagt sich der main character mit Ekelgefühlen herum …

Herr von Talkau-Marl Das tut er, keine Frage. Es ist so. Er mag keine Rosinen, weil sie ihn an gegarte Muttermale erinnern. Wie soll er einen ruhigen Schlaf finden? Er findet Handtäschchen für Männer furchtbar, er findet, dass Männer, die solche Handtäschchen ums Handgelenk hängen, die passende Jahresendzeitfigur haben. Es ist ihm aufgegeben, andere Vorstellungen vom Letzten Schönen Guten zu entwickeln, aber in seinen Tagalbträumen kommen immerzu nur diese Handtäschchen-Fetttypen vor, die marinierte Schweinekammscheiben in sich hineinstopfen. Trotzdem kapituliert mein Held, mein Letzter Schöner Guter main character, nicht vor einer sehr gebildeten Speisekarte.

Galaxy Ist es nicht gewagt, wenn Sie den Helden an einer Stelle sagen lassen: »Was ich will, was ich unbedingt möchte, ist, mich zu einer Geistesgegenwart hochzuarbeiten, die Kraft zum Totschlag mit sich bringt …«?

Herr von Talkau-Marl Oh, ich glaube, das ist sehr mutig von mir. Ja, und nochmals ja! Credo contra Laubenpieper: Das ist die Maxime dieses zarten Jünglings, er hat eben, und das ist jetzt – Vorsicht! – eine Metapher, die Espressosatzschlucker satt bis hierhin.

Galaxy Folgt er der Kirmesboxermoral?

Herr von Talkau-Marl Er frisst keine Glassplitter, wenn Sie das meinen.

Galaxy Ich meinte es im übertragenen Sinne.

Herr von Talkau-Marl ... sagte der Scheißhausputzer beim Anblick des Urinbeckenporzellans ...

Galaxy Am Ende verliebt sich Ihr Romanheld in eine ehemalige Klassenkameradin, die ihn aber verschmäht. Für Liebe ist kein Platz im Leben, ist das Ihre Botschaft?

Herr von Talkau-Marl Kennen Sie diese alten Minimax-Feuerlöscher?

Galaxy Nein wieso?

Herr von Talkau-Marl Da heißt es in der Bedienungsanleitung: Sicherungsring ziehen, Schlauch mittels Griffstück auf Brandherd richten, Druckhebel niederdrücken.

Galaxy Ja und?

Herr von Talkau-Marl Wenn Sie diese Schritte auch an Ihnen selbst anwenden, werden Sie sich besser fühlen, glauben Sie mir.

Galaxy Ist denn Liebe für Sie widersinnig?

Herr von Talkau-Marl Liebe ist, wenn zwei Brontosaurier bumsen, dass es rummst. Liebe ist, wenn sich zwei Hippies ein Wasabröd-Knäckebrot teilen. Und ach ja, ich kann sogar ein Beispiel für ganz toll gelungene Liebe nennen, Sie sind ein Champ, Sie inspirieren mich, ich komme ja so richtig drauf, aber halt, jetzt Achtung!, das Beispiel: Eine Frau, ich nenne die mal Marie, also diese Frau ließ sich doch glatt den untersten Rippenbogen entfernen, damit sie die richtige Taille hatte für den ganz geilen Lover, dem das zwar völlig piepe war, aber er hat dann doch den Rippenbogen und die Liebe mitgenommen. Ich meine, der fand so was schmuck, dass es also was gibt, das kein Preisschild hat. Sehen Sie, es gibt also viel viel Liebe trotz viel viel Sünde …

Galaxy Ich habe das Gefühl, dass Sie Unfug reden.

Herr von Talkau-Marl Neiiin, würde ich doch nicht tun, wirklich, das bilden Sie sich nur ein.

Galaxy Gut zu wissen. Tragen Sie immer Anzüge?

Herr von Talkau-Marl Ich stehe auf Glanzoptik.

Galaxy Ihre Kritiker werfen Ihnen vor, Sie seien ein Jungmannanzugsträger.

Herr vom Talkau-Marl Das brauchen diese Nölnullen mir nicht vorzuwerfen, denn ich bin tatsächlich einer.

Galaxy Definieren Sie sich über Ihr outfit?

Herr von Talkau-Marl Ich hatte mit zwölf eine Menge Komplexe, doch das haben ein ganzer Laufsteg blonder, brünetter, hell- und dunkelhäutiger Freundinnen wettgemacht.

Galaxy Herr von Talkau-Marl, sind Sie ein Schnösel?

Herr von Talkau-Marl Wow, jetzt haben Sie aber eine besonders fiese Frage gestellt. Sie trauen sich ja was zu, hätte ich nicht gedacht. In meinem letzten Buch sagt eine französische Nutte; »Isch lass mirr dock kein Blasänentsündun rainfieken.« Schön nicht, auf die Idee bin ich richtig stolz. Also, wieso sagt die so was, ich meine, sie steht zu ihrem Job, sie nimmt die déformation professionelle auf sich, aber sie hat auch gehobene Ansprüche. Wenn sie die Sandaletten-Fesselriemchen um ihre Waden schlingt, nackt und nach einem Beischlaf ungewaschen, ist sie wunderbar straight im Kopf, sie ist von Kopf bis Fuß auf Luxus eingestellt.

Galaxy Wie sollen wir das jetzt verstehen?

Herr von Talkau-Marl Keine Ahnung.

Galaxy Sind Sie nun ein Schnösel oder nicht?

Herr von Talkau-Marl Also, ich glaube wirklich, dass die Nutte mit der Blasenentzündung Recht hat. Da muss man nämlich zum Arzt rennen, es juckt dann wie verrückt, es tut auch unwahrscheinlich weh, keine Ahnung, ich kann da nicht ganz mitreden, weil ich …

Galaxy Wenn ich Sie kurz unterbrechen darf … übergehen wir diese Frage einfach …

Herr von Talkau-Marl Ach schade, ich fand gerade diese Frage sehr toll, wirklich.

Galaxy Man sagt Ihnen nach, dass Sie Gas geben und Spaß haben wollen. Ein Siegertyp auf der Überholspur …

Herr von Talkau-Marl Ja klar, die Luscher in ihren billigen Kaleschen bleiben zurück, und die ärgern sich den Wolf, dass so ein Spund wie ich lässig vorbeirauscht, und am liebsten würden sie den Porsche fahren. Das ist das Gesetz der Autobahn, so ist es eben, ich habe auch nicht den Benzintank und die Tachonadel erfunden. Ein Mensch allein ist ein Emerit, zwei Menschen sind zwei Sozialparasiten, drei bilden eine ménage à trois. Alles geregelt, alles hat einen Namen und, ach ja, vier Menschen gründen eine Band, das muss ich noch hinzufügen.

Galaxy Sie stehen nicht unbedingt für eine Haltung …

Herr von Talkau-Marl Haltung, das ist Tofu für Lemminge.

Galaxy Sie streiten also nicht gerne für eine Idee?

Herr von Talkau-Marl Warten Sie mal, doch, in grauer Vorzeit war ich Teil eines Demozuges, das war bemerkenswert doof, Transparente hoch halten und so. Die Passanten haben uns den Vogel gezeigt, das nun wiederum war klar lustig, nur deswegen bin ich dabeigeblieben, bis ich einen Plattenladen sah, es war nämlich langer Adventssamstag oder so. Ich habe die Aufregung hinter mir gelassen, ich war richtig voll glücklich, weil ich vor der Demoteilnahme am Geldautomaten war und zwei Hundertmarkscheine locker machen konnte. Also, schön so was, die Scheine, der lange Spaziergang, und dann ein gut bestückter Plattenladen, schön wirklich.

Galaxy Sie haben einen schönen Vormittag verlebt, Sie sind aber nicht unbedingt für eine gerechte Sache auf die Straße gegangen.

Herr von Talkau-Marl Ich bin nicht schmerzbereit. Und ich diene mich auch nicht einer Bewegung als Rachewerkzeug an. Diese Transparentkrähen haben so richtig komische Vorstellungen: Wer in deren Privatsphäre eindringt, ist ein Imperialist. Wer ihnen zwei Liebhaber-CDs leiht und nicht zurückverlangt, ist ein toller Völkerfreund. Nix für mich.

Galaxy Wo sind Sie politisch beheimatet?

Herr von Talkau-Marl Ich stelle den Fuß auf das Stoßhorn des abgeknallten Nashorns. Aber ich bin Pazifist aus Prestigegründen, ich töte nicht, es gibt ja genug Wilderer.

Galaxy Sie haben vorhin den Begriff »Mediennutte« gewählt. Sie sind ein gern gesehener Gast in Talkshows, Ihre Dauerpräsenz in Funk und Fernsehen und auf Promiparties zementiert eine Art Unvermeidbarkeit. Als was würden Sie sich bezeichnen?

Herr von Talkau-Marl Als subversiven Entertainer.

Galaxy Protest durch Teilnahme?

Herr von Talkau-Marl Jetzt mal ganz unter uns: Protest ist kakapfui! Spannend ist etwas anderes: learning by fucking. Man lernt in der Industrie allerhand, also zum Beispiel: Der Depp ist nicht entbehrlich, jeder Techniker schon, aber der Depp ist eine feste Größe.

Wer das falsche Aussehen hat, kauft sich ein neues Aussehen. Ein nettes face, mit dem er in die Vollen gehen kann. Der Weg zur Pole Position ist alles und der Körpererfolg die Erhörung aller Jungmannanzugsträger-Gebete …

Galaxy Sie haben sich einmal als liebenswerter junger Mann mit Attitude bezeichnet. Leben Sie das konservative Mustermodell vor?

Herr von Talkau-Marl Sicher, ganz bestimmt. Ich flechte mir nun mal keine Glasperlen in die Dreadlocks. Wenn man im Geschäft ist, hat man das Privileg, wegen gerissener Nähte nicht zum Schneider gehen zu müssen, man schmeißt das Kleidungsstück weg und sucht nach anständiger Konfektion. Eine feine Sache das.

Galaxy Man zeiht Sie des Kleinbürgersinns …

Herr von Talkau-Marl Overscreening ist Programm. Ich bringe die kleinen Leute zur großen Bühne, und sie kommen in Scharen.

Galaxy Wolfgang Petry füllt die Säle auch …

Herr von Talkau-Marl Der nun ist ja einwandfrei das Anti-Konzept zum funkelnden Glam. Er ist ein Rocker. Rock ist mit körperlicher Arbeit verbunden, ich hasse das, genauso wie Leute, die in der fünfzigsten Brechung reden: Das Gewichse mit dem ironischen Spiel, um mit Augenzwinkern symmetrische Diskursbedingungen herzustellen. Petry, Westernhagen, Grönemeyer: alles stinkende Rockleichen. Wer Resistenzmilieus aufbaut, muss den Umgang mit Peinfratzen tunlichst vermeiden. Da ist ja die Körperverunzierung per Bier noch Gold dagegen. Man kann diese Galle spotzenden Grobspacken nicht abschießen, ich meine, ist ja auch egal irgendwie, sollen die doch weiter stinken. Ich sehe mich als Energieheiligen, ich bin der Held des jungen Kulturbürgertums!

Galaxy Aha! Das ist ja Pathos …

Herr von Talkau-Marl Bingo!

Galaxy Sie kämpfen also gegen das Establishment.

Herr von Talkau-Marl Deutschland ist eine einzige Spaßkneipe. Ich kämpfe gegen die Monologmaschinen. Die Stümper betreiben die Ironievergottung, ich stürme die Bühne und werfe sie in den Orchestergraben.

Galaxy Starke Worte. Ihre Romanhelden sind aber in Wahrheit wellnesserprobte Sunnyboys.

Herr von Talkau-Marl Was haben Sie denn noch so auf Ihrem Fragebogen?

Galaxy Der sinnliche Genuss passt doch wunderbar in die Arbeitsmoral des Spießers. Und außerdem: Der Kleinbürger, der versahnte Vollmilch mit Erfolg reklamiert, denkt ja auch, er habe es denen da oben gezeigt. Geht Ihr Moralismus in diese Richtung?

Herr von Talkau-Marl Ich bin ein Privatier diesseits der Barrikade.

Galaxy Ich verstehe. Kennen Sie die Klassiker?

Herr von Talkau-Marl O Trübsinns graue Schleier Mir
Mein Angesicht verdecken in schleckender Gier.
Dass ich nun kreuche auf Pfoten Vier
Gebeugt, gemacht zum kranken Tier …

Galaxy Oh. Woher stammt das Zitat?

Herr von Talkau-Marl Von mir, ich habe es gerade dahergereimt.

Galaxy Ach ja?

Herr von Talkau-Marl Jetzt sind Sie aber böse, geben Sie es ruhig zu!

Galaxy Ach was, ich bin nicht böse.

Herr von Talkau-Marl Sagen Sie es doch: Sie würden mir am liebsten den Arsch versohlen.

Galaxy Ich kann mich beherrschen: Haben Sie Feinde?

Herr von Talkau-Marl Gute Anschlussfrage. Ja Tatsache, manche Leute würden mich unangespitzt in den Boden rammen. Die werfen mir keine Blumenkränze zu, aber das bringt der Beruf mit sich, so ist das eben, ja.

Galaxy Was halten Sie von Literaturkritikern?

Herr von Talkau-Marl Leichenbeschauer sind das, dafür halte ich sie.

Galaxy Die Kritiker Ihrer Literatur nennen Sie den »Panscher«. Ihre Bücher sollen erhebliche Recycling-Anteile aufweisen.

Herr von Talkau-Marl Ich schneide mit, das ist mein Geheimnis. Diese öffentlichen Lumpen unterhalten sich auf einem offenen Kanal, man hört da den unglaublichsten Dreck, die schlimmsten Hirnkracher. Und dann kommt meine Kunst ins Spiel, Tote sprechen zu lassen. Ich mache aus dem Gesumms meine neue tolle Welle.

Galaxy Sie sammeln das Material und transkribieren es. Nicht besonders originell …

Herr von Talkau-Marl Kann sein. Kann auch Blödsinn sein, was Sie sich da einreden.

Galaxy Ich könnte sogar noch weiter gehen und behaupten, dass Ihr Pop eigentlich nur wohl bekannte Puzzleteile zusammenflickt.

Herr von Talkau-Marl Lesen Sie einfach Ihre Klassiker mit Goldkante, da können Sie bestimmt alle fünf Minuten aufseufzen.

Galaxy Sind Sie nicht einfach ein überbezahlter Amateur?

Herr von Talkau-Marl Wer komplettiert, macht sich zum Profiwichser. Der feuchte Traum von der Präzisionsoperation, vom Letztbegründungsbegriff … am Arsch! Die Einzelheit ist doch wichtig, oder nicht? Also jetzt kommt der Wechsel, jetzt kommen Pop Shots.

Galaxy Pop Shots, nun gut. Haben Sie für Romantik etwas übrig?

Herr von Talkau-Marl Wenn von der Oberleitung einer Straßenbahn im Dämmer ein Funkenschauer herabregnet, ist das romantisch.

Galaxy Können Sie sich an ein existenziell bedrohliches Erlebnis erinnern?

Herr von Talkau-Marl O ja, ganz bestimmt sogar. Also: Tatort Bahnhof Kassel-Wilhelmshöhe. Ich warte auf meinen Anschlusszug, der ICE 670 Karl Jaspers, ich habe es mir gemerkt. Ich stehe im Abschnitt G des Bahnsteigs, weil sich das Großraumabteil für Raucher am Zugkopfende befindet. Ich bin zu dünn angezogen, der Kälteeinbruch kam über Nacht, weiße Weihnacht, schön. Neben mir liest eine Haschrebellin stehend in der Jahresrückblickausgabe irgendeines Magazins, sie blättert völlig hektisch, dass die Seiten fast reißen, es bringt mich schier um, was die sich da leistet. Ich habe aus der Ohnmacht dieser konkreten Situation heraus in meine Herbstmanteltasche gegriffen und das eiskalte Dunhill-Feuerzeug umschlossen. Die Kälte des Metalls erreichte mein gutes altes Herz, das sich sofort verschloss.

Galaxy Das nennen Sie eine existentielle Bedrohung?

Herr von Talkau-Marl Das ist eine existentielle Bedrohung.

Galaxy Vielleicht war das eher eine von Ihnen als peinlich empfundene Situation.

Herr von Talkau-Marl Peinlich oder existenziell, wo ist da der Unterschied?

Galaxy Sie sind darüber noch nicht aufgeklärt worden?

Herr von Talkau-Marl Meine Eltern haben es versucht. Meine vielen Freundinnen haben es versucht. Mein Biologielehrer hat es versucht. Aber es hat nichts gebracht. Denn noch immer male ich an die Wand von Abortkabinen kopulierende Strichmännchen.

Galaxy Was ist für Sie Glück?

Herr von Talkau-Marl Im Singapore Sling-Krapproten Zweireiher in einem Mohairsveloursbezogenen Sofa sitzen und vier Atemzüge lang lachen, nur einfach so.

Galaxy Ihre Zukunftsprojekte?

Herr von Talkau-Marl Ein Pop Shot-Band mit dem Titel: »Bei der Vorgruppe vergießt man keine Tränen«.

Galaxy Never ending Pop also?

Herr von Talkau-Marl Herr Journalist, ich danke Ihnen für dieses Gespräch.

Herr Wegner

Galaxy Es kommt nicht alle Tage vor, dass man einen geschätzten Kollegen, ja eine lebende Legende, als Gesprächsgast begrüßen darf. Lieber Johann-Christian Wegner, seien Sie willkommen!

Herr Wegner Danke. Ich muss das Kompliment erwidern. Auch Sie haben ein Stück Pressegeschichte erfragt und geschrieben.

Galaxy Sie werden, wie Sie mir verraten haben, anschließend zu einer Party auf drei Ebenen mit Massage-Lounge aufbrechen. Das klingt ja geradezu verrucht …

Herr Wegner Ach, ich weiß nicht. Die Event-Agenturen lassen sich heuer einiges einfallen, um attraktive Rahmenbedingungen für eine feierliche Zusammenkunft zu schaffen. Letztendlich treffen sich die Immergleichen, die Schönen und die Biester. Ich mische mich unters geldvermögende Volk …

Galaxy … und schnappen sich ein paar Sätze Intimgeflüster für Ihre geliebt-gefürchtete Kolumne: »Das Machtwort«.

Herr Wegner Mein Besuch wird rein privater Natur sein.

Galaxy Lieber Johann-Christian Wegner, es fällt uns schwer, Ihnen Glauben zu schenken. Es ist doch ein beliebtes Gesellschaftsspiel der Reichen, Wetten darauf abzuschließen, wen Sie zur »gelifteten Senioren-Carmen« oder zum »Knüppelkopf im Tellerwäscher-Anzug« küren.

Herr Wegner Es freut mich, wenn ich der gelangweilten Klasse zu ein bisschen Salonaufregung verhelfen kann.

Galaxy Apropos Klasse. Sie selbst kommen aus einfachen Verhältnissen. Ihr Vater war Lehrer in einem Ingolstädter Gymnasium, Ihre Mutter Hausfrau. Bestimmt waren Sie der provinziellen Enge überdrüssig und wollten ausbrechen.

Herr Wegner Tatsächlich hatte auch ich meine Rebellenzeit. Ich wollte auf keinen Fall in die Fußstapfen meines Vaters treten. Es war auch sonst keiner da, der als Vorbild taugte. Der Untergrund in Ingolstadt bestand aus Rockern, die es öde fanden, mit ihren Vätern Mondscheinbowlingabende zwangszuzelebrieren. Aus Rache haben sie dem Pfarrer die Luft aus den Reifen herausgelassen.

Galaxy Ihr Ausbruch war sozusagen vorprogrammiert. War es immer Ihr Wunsch gewesen, den beschwerlichen Weg des Journalisten zu gehen?

Herr Wegner Die Entscheidung fiel etwas später, im angespannten Klima der Studentenunruhen. Anders als die Chaoten jener Tage wollte ich mich für Deutschland einsetzen, wollte ich, egal in welchen Krähenwinkel dieser Welt es mich verschlug, mich nicht für mein Land schämen müssen …

Galaxy Sie haben Ihren Meisterbrief mit der legendären Vietnam-Reportage »Der Tod ist ein Meister im Urwald« erhalten.

Herr Wegner Eine Hand voll Reisbauern hatte Amerikas Ruf als gerechter Weltenrichter zunichte gemacht. Ich schloss mich einem Aufklärungstrupp an und erlebte das ganze Elend junger idealistischer Soldaten, deren demokratischer Wille einer harten Prüfung unterzogen wurde. Seitdem bin ich ein erklärter Freund Amerikas und der Amerikaner.

Galaxy Sie haben sich eine kindliche Sicht der Dinge bewahrt. Auch wenn Ihr Motto lautet: Das Leben ist ein Stepptanz unter der Galgenschlaufe …

Herr Wegner Als Kind habe ich bei Liebesfilmen den Lautstärkeregler auf Null gedreht. Ich konnte es nicht mit anschauen, wie ein Mann und eine Frau, die liebevolle Stunden der Intimität und der Wollust miteinander verbracht haben, sich zanken und raufen. Noch heute wechsele ich sofort auf einen anderen Sender, wenn es für meine Begriffe haarig wird.

Galaxy Das wird vor allem jene Leser erfreuen, die Sie, verehrter Meister, bisher unter dem wenig schmeichelhaften Namen »Horror-Johann« kennen …

Herr Wegner Ich weiß, ich weiß. Wie Sie mir zustimmen werden, kann man es als Meinungsmacher-Journalist nicht allen recht machen. Der eine fühlt sich durch einen Artikel bei einer Missetat ertappt, der andere ist beleidigt, weil ich schreibe, dass seine nonkonforme Frisur eine Spur, nun ja, zu modern geraten sei. Und so ist der besagte Kosetitel an mir hängen geblieben.

Galaxy Lieber Johann Christian, Sie sind andererseits nicht dafür bekannt, dass Sie einen versöhnlichen Ton anschlagen. Sie teilen großzügig aus.

Herr Wegner Ja nun, ich bin meinem Handwerk mit Leidenschaft verbunden, ich schreibe mit Herzblut. Dafür werde ich von meinen Lesern geliebt. Sie sagen sich, da ist ein Mann, der den Großkopferten über die Schulter schaut, der ihnen, wenn es auch für beide Seiten schmerzhaft ist, auf die Finger klopft. Der uns aber auch rühren und bewegen kann, der weiß, was in unseren Kochtöpfen ist, und wer uns das Schnitzel aus der Pfanne wegnimmt.

Galaxy Sie nehmen sich der Sorgen des einfachen Volkes an. Unvergessen sind Ihre Schlagzeilen als Chefredakteur bei der »Lunte«: »Der neue Silikon Trend: Busen müssen wackeln!!!«, oder »Lynchjustiz in der Spielhalle: Klau-Pole von Zocker-Türken geköpft!!!« Ihrem bemerkenswerten Talent, komplexe Zusammenhänge in einer Zeile zu verdichten, haben Sie die Ehrenbezeichnung »Boulevard-Benito« zu verdanken …

Herr Wegner Das ist so nicht ganz richtig. Wie Ihnen bestimmt geläufig sein wird, hörte Mussolini, der italienische Machtpolitiker, auf den Vornamen Benito. Einige verdrossene Kollegen brachten also diese Namensgebung in Umlauf, zweifelsohne mit dem Ziel, meinen Ruf zu schädigen.

Galaxy Diese Schmutzkampagne ist an Ihnen abgeglitten. Überliefert ist die Geschichte, dass Sie sich, nach einer körperlichen Attacke eines erbosten Stammlesers, wochenlang einen selbst gebastelten Nierenschützer aus Damenbinden angelegt haben sollen. Ist da etwas Wahres dran?

Herr Wegner Ich kann mich nicht erinnern. Scheint mir aber sehr untypisch für mich zu sein.

Galaxy Ich darf Ihre Erinnerung vielleicht auffrischen: Eine famose Schlagzeile aus Ihrer Feder lautete: »Promihure verklagt Frauenarzt: Meine Spirale ist ein Spaghetti-Abtropfsieb!« Der betreffende Gynäkologe, im Übrigen ein erklärter Fan Ihrer Dichtkunst, fühlte seinen Ruf und Namen geschändet und hat – wie er der Presse gegenüber verlauten ließ – den Ehrenräuber Wegner für seine Afterschrift bestraft.

Herr Wegner Das ist natürlich nur die halbe Wahrheit. Dieser Mann ist ein Sturmgenosse gewesen, ein übles Subjekt aus der Chaotenszene und somit bestens geübt in der Unart, Krawall zu schlagen. Seine Behauptung, er sei von meinen Artikeln angetan, ist eine Desinformation. Wir haben ihn dabei ertappt, wie er an einer Patientin gepfuscht hat. Solche Knülche bringen einen ganzen Berufszweig in Verruf. Ich darf aber hinzufügen, dass der deutsche Arzt besser ist als sein Ruf und den internationalen Vergleich nicht zu scheuen braucht. Das mit der Nierenbinde, also, unmöglich, das kann nicht sein.

Galaxy Verehrter Herr Wegner, Sie wechselten dann von der Münchner »Lunte« zum Berliner »B.EXZESS«. Ging der Umzug auch mit einer Lebensumstellung einher?

Herr Wegner In gewisser Weise ja. Wissen Sie, München, das ist ja der Süden, und das merkt man den Menschen da an, sie sind einfach südländischer. Das Temperament geht mit ihnen durch, und weil auch ich ein Gefühlsorkan bin, hat es gepasst. Zu Berlin fällt mir nur der Turm von Babel ein. In diese Metropole, in unsere deutsche Hauptstadt, fallen sehr viele fremde Völkerschaften ein, und ich würde sagen, es bekommt unserer neuen Hauptstadt nicht so gut. Auf diese Art Katzenmusik war ich, ehrlich gesagt, nicht gefasst gewesen.

Galaxy Bestimmt hat es Sie überrascht, als ein Teil der »B.EXZESS«-Redaktion gegen Ihre Ernennung zum neuen Blattmacher Sturm lief. Im Internet machte sogar ein Steckbrief die Runde …

Herr Wegner Das war eine Fatwa, ein Mordaufruf! Als designierter Chefredakteur zog ich eine erste Bilanz und kam zu dem Schluss, dass wir uns den Luxus von drei Dutzend Ressortleitern einfach nicht leisten konnten. Der Abonnentenschwund war horrend. Es war unumgänglich, dass wir uns von einigen Kollegen verabschieden mussten. Sie zeigten fast alle Verständnis für die nötigen Einsparungsmaßnahmen. Der Ressortleiter für Kultur und Unterhaltung jedoch ging auf Konfrontation. Ich habe ihn im Verdacht, hinter meinem Rücken eine Art Volksfront gegen mich mobilisiert zu haben …

Galaxy Sie meinen, dass er die »B.EXZESS«-Redaktion gegen Sie aufgehetzt hat?

Herr Wegner Wohlgemerkt, ich spreche hier von gewissen Verdachtsmomenten. Das ist ein Modeherrchen, der heute in einem Achtgroschenfrauenheftchen einen unerträglichen Klatsch aufbereitet. In seiner Zeit als Kulturverantwortlicher beim »B.EXZESS« saß er den lieben langen Tag in einer schäbigen Branntweinhöhle, in »Zum Grünen Haferkasten«, und schmierte maßlos intellektuelle Buch- und Theaterkritiken zusammen. Der Schubjack hat doch nur mit seinem Insiderwissen angegeben.

Galaxy Der besagte Ex-»B.EXZESS«-Redakteur ist auch der Verfasser eines Bestsellers mit dem Titel: »Johann-Christian Wegners Machenschaften – eine Gossenkarriere«. Er bezeichnet Sie, verehrter Wegner, als »den obersten Darmdramatiker der Asphaltpresse«. Sie haben, sehr zum Erstaunen der Öffentlichkeit, keine Beleidigungsklage angestrengt.

Herr Wegner Dieses Machwerk ist der beste Beweis dafür, dass Hass nicht fruchten kann. Sehen Sie, das Modeherrchen erwähnt meine Vorliebe für in obergärigem Starkbier gebratenes Spanferkel. Und er folgert daraus, ich sei ein Rüpel allererster Güte, der Weltfeind Nummer eins. Im Gegenzug könnte ich in meiner Kolumne schreiben: »Jedes Mal, wenn der Modefratzke sich schnäuzt, landet ein Stück Großhirn im Taschentuch.« Das gehört sich nicht, das ist unter meinem Niveau.

Galaxy Wenn Sie mögen, möchte ich auf eine andere Geschichte zu sprechen kommen. Stichwort: die Marlene Dietrich-Tagebücher. Der Reporter Jürgen Stamm reist in ihrem Auftrag nach Paris, harrt drei Tage vor der Haustür des öffentlichkeitsscheuen Weltstars und kommt mit einen Koffer voller Fotos wieder zurück. Sie können Ihr Glück kaum fassen, hat doch die Dame in den letzten Jahren jeder Interviewanfrage und jedem Honorar standhaft widerstanden. Es stellt sich jedoch heraus, dass bei ihr eingebrochen wurde, und man bringt Herrn Stamm mit dem Einbruch in Verbindung. Sie rufen Frau Marlene Dietrich an und behaupten, man habe Ihnen einen Satz Fotos angeboten, Sie würden aber aus Gründen des journalistischen Anstands von einer Veröffentlichung absehen. Die Dame zollt Ihnen großen Respekt, der sehr rührende Briefwechsel zwischen ihr und Ihnen wird öffentlich geführt und treibt die Auflage in Schwindel erregende Höhen … Ende der Geschichte.

Herr Wegner Ein schönes Märchen, wirklich. Es kursieren sehr viele Gerüchte darüber, was ich alles angestellt und welche Hebel ich in Bewegung gesetzt haben soll, um Tag für Tag kleine Sensationen und Skandale zu landen. Ich soll Ministerialdirigenten bestochen, sogar ganze Ministerien infiltriert haben. Ich soll beste Kontakte zu den Kirchen und zum Rotlichtmilieu haben. Wenn ich die mir bisher unterstellten Sündenfälle zusammenzähle, komme ich auf tausend Leichen im Keller. Ich bin der Konkurrenz immer eine Nasenlänge voraus gewesen, und daran hat sich bis heute nichts geändert.

Galaxy Ein harter Schnitt zur Gegenwart. Verehrter Wegner, Sie müssen jetzt unter Ihrem ehemaligen Chefreporter glossieren …

Herr Wegner Sie scheinen wohl den Unterschied zwischen Lipgloss und Glosse nicht zu kennen!

Galaxy Ich wollte Sie in keiner Weise kränken …

Herr Wegner Ist schon gut, kein Grund zur Sorge. Was Ihre Frage angeht: Herrn Packmann und mich verbindet ein freundschaftliches Verhältnis. Wir ziehen an einem Strang, wir sind eine Hand und ein Handschuh.

Galaxy Wunderbar! Sie schrieben einmal über Herrn Packmann: »Man muss ihm einen Streudienst hinterherschicken, um seine Schleimspur abzustreuen. In seiner Nähe herrscht Ausrutschgefahr, bitte Vorsicht!«.

Herr Wegner Alte Haudegen müssen sich gegenseitig necken und raufen sich doch wieder zusammen.

Galaxy Im Gegenzug hatte damals Herr Packmann mit anschaulichen Umsatz-Fieberkurven die These zu erhärten versucht, dass Sie bislang jedes Blatt gegen die Wand gefahren haben. Er nannte Sie das Ein-Mann-Bestattungsunternehmen.

Herr Wegner Das war schon hart an der Grenze zum Rufmord. Ich habe die jeweiligen Presseorgane vor dem endgültigen Ruin bewahrt. Die Umsatzkurve pegelte sich auf einem relativ hohen Niveau ein. Der Mahner in der Brust, also mein Gewissen, lässt es nicht zu, dass ich mich unmoralisch verhalte.

Galaxy Lieber Herr Wegner, das Beste ist Ihnen nicht gut genug. Sie lassen sich von Ihrem Chauffeur durch das nächtliche Berlin fahren und schildern Ihre Eindrücke allwöchentlich in der Kolumne: »Wegners Telegramm.«

Herr Wegner Ich finde Inspiration an Stellen, an denen man es am wenigsten vermutet. Neulich bestaunte ich ein junges Model im Negligé auf einer großen Leuchtplakatwand. Es war ein regelrechtes Sinnenbad. Ich rief spontan bei einem guten Freund an, und wir trafen uns in einer Wirtsstube, die mit duftendem Zirbelholz vertäfelt war. Wir haben uns über die Schönheit unterhalten und darüber, dass es uns immer schwerer fällt, mit den Berufshässlichen auszukommen. Es lohnt sich, nur zwei Sorten Mensch zu unterscheiden. Es gibt Menschen, da geht die Sonne auf, wenn Sie in den Raum treten. Dazu zähle ich unbedingt die junge neckische Frau auf dem Billboard. Dann gibt es Menschen, da geht das Licht an, wenn sie den Raum verlassen. Der Anstand gebietet es mir, mich über diese Zeitgenossen auszuschweigen.

Export-Import

Krauts

Niemand wusste so recht, wie Sami zu seinem zweifelhaften Ruf gekommen war, als der versierteste Pferdeäpfelschnüffler unter den Diaspora-Kleinasiaten zu gelten. Er fuhr keine Droschke und trieb auch keine Maultiere vor sich her. Sami sah man einfach den ultraharten Daumenbrecher an, der jedem Blödmann mit einem pupillenstarren Blick die Blütenträume aus dem Herz ausfegen konnte. Er war alles andere als gesellig, und selten suchte er die Gesellschaft von mehr als zwei Menschen auf. Und wenn doch, dann hatte er dem Anisschnaps reichlich zugesprochen und würde irgendwann ohne Ansage einen formvollendeten Kolbenhub auf der Kinnlade eines Sunnyboys anbringen. Er sah aus wie eine halb abgemauserte Sumpfeule, trotzdem durfte man ihn um Gottes Willen nicht auf seine beiden Warzen an der Ohrmuschel ansprechen.

Es war einer dieser Altweibersommertage, an denen man sich vorkommt wie eine Blattlaus auf einer karmesinroten Südseeknospe. Sami hatte mich auf der Parkbank aufgelesen und kurzerhand befunden, ein Lustwandel durch die Innenstadt schickte sich eher für ausgewachsene Kanak-Männer, als wie ein stiller Psychopath seine Fratze von der Sonne bestrahlen zu lassen.

Ich stand also auf und verfiel auch bald dem Schweinegalopp, mit dem sich Sami eine Schneise durch die Passanten pflügte. Wir hatten die Fußgängermeile vielleicht ein halbes Dutzend Male abgeschritten, und Sami war aus einigen Blickduellen mit arglosen Familienvätern als Sieger hervorgegangen, als er plötzlich vor dem Schaufenster eines Sanitätshauses stehen blieb. Er starrte auf zwei lieblos ausgestellte Kompressionsstrümpfe, die sich auf dem Filz ausnahmen wie mutierte Maden. Aus unerfindlichen Gründen hatte der Ladeninhaber unterschiedliche Profile von Einlegesohlen um die Strümpfe staffiert. Sami sagte: »Was ist das?«, und ich sagte: »Das sind Kompressionsstrümpfe!« Sami legte seinen schweren Kalbskopf in den Nacken, verschränkte die Hände und ließ die Finger in Moll knacken.

»Das sind die Alemannen«, sagte er, »sie futtern Süßstoffpillen und Haferschleim, sie essen gegrillte Krötenschenkel, beknackte Salatblätter oder schlucken ihre Spucke runter, damit sie keine Problempolster am Arsch kriegen. Und irgendwann schauen sie an sich runter und stellen fest: Scheiße, ich hab' fette Beine, alles umsonst, und jetzt muss ich weiße Omasocken tragen mein Leben lang!«

Sami hatte für seine Verhältnisse eine regelrechte Volksansprache gehalten, eigentlich ein ungutes Zeichen, also hielt ich mich an meine Rolle als Zuhörer und Abnicker. »Zum Beispiel Diät«, sagte er, »die Frauen sehen aus wie Kanupaddel, den Kerlen hängen die Knöpfe am letzten Faden. Alles Madenhacker! Hungern sich so lange zurecht, bis sie sich hinterm Laternenpfahl verstecken können. Ich sag' dir, da kommt ein System zusammen, wenn man den Alemannen zuschaut, wie sie ihre Klinik-Hygiene abziehen: 'ne staubfreie Küche, 'ne keimfreie Kloschüssel, 'n abgespeckter Body. Ihre Welt ist eine Kukident-Oase für Fußföhner ...«

Samis Vortrag hatte mich nachdenklich gestimmt, und als wie gerufen drei schwergewichtige Chausseewalzen-Türkenmütter des Weges kamen, wurde ich meiner doppelgleisigen Lebenssituation auf einen Schlag bewusst. Ich hatte die Wahl: Hungerfasten mit scharfem Kurs auf Kompressionsstrümpfe oder aber Herzkasper durch fettreiche Steppenferkelchenmast. Samis Laune war jedenfalls ob des Anblicks der alemannischen Gesundheitssocken derart verhagelt, dass er in den Laden stürmte und den verdutzten Verkäufer anbrüllte, er würde gleich vier Döner Kebabs hintereinander weg verdrücken und wenn er, der Kompressionsheini, was dagegen hätte, sollte er es Sami ins Gesicht sagen und zwar sofort.

Försterfilz und Christenhunde

Jean-Claude Van Damme hatte soeben mit einem gepflegten Schnappkick dem Spagezzo-Vatikanmucker beide Augen ins Hirn getrieben. Der Rest der Saubande – obwohl bis an die Goldkronen bewaffnet – erstarrte zu Portalstatuen. Nur der Heißblütigste unter ihnen, ein ochsenäugiger Papagallo, wagte es, sich ein paar Strähnen aus dem dummen Gesicht zu wischen. Man hing wie auf einer trüben Chipsparty in der Gegend herum. Derweil kam der Meister über den ächzenden Schurken wie der Fleischergeselle über die schlaffen Kutteln. Es wurde nicht viel gesprochen, die Gelenke knackten, die Knochen brachen, das Fleisch ward verletzlich. Überhaupt ist in der Branche der Klopperstreifen der Wortwechsel abgegriffene Münze. In einem anderen Film, ich weiß nicht, wie er hieß, sagte der Held: »Du bist Matsch, du Ratte!!!«, und rupfte dem bösen Schergen die getrimmte Bartleiste von der Schläfe. Das ist legitim, das kommt an beim Publikum. Van Damme steht also in der Tradition des maulfaulen Hirnis. Er geht mit demselben gelähmten Kummergesicht durch den ganzen Film, egal, ob er einem Statisten das Genick bricht oder einen kleinen US-Bürger ermahnt, seine Müsliflocken endlich auszulöffeln.

Ich setzte gerade zu einer vergleichenden Schlägerkunde zwischen Van, dem nett-debilen Faustkämpfer von nebenan, und Mister Clint mit der verhagelten Laune an, als der blöde Werbeblock kam. Der dauert fast immer fünf Minuten, und man wird angeleitet, die Piemontkirsche zu mampfen oder die Drei-Wetter-Taft-Frisur einer arischen Spitzenzüchtung zu bewundern. Also zappte ich auf einen anderen Sender: Es lag der Gamsbock tot auf der Alm, daniedergestreckt von Wildererkugeln. Aha. Die ob solch einer Niedertracht erregte Dorfbevölkerung hatte eine gute Idee. Sie wollte das miese Schwein mit einem ausgestopften Gamsbock in die Falle locken. Der in argem Dialekt gebrüllte Einwurf des Wirts, die Sau, die damische, gehöre abgeknallt, stieß auf rechtsstaatliche Bedenken. Dieser ganze Holzhackereifer wiederum stößt beim Fernsehzuschauer auf Unverständnis. Das ist ja schlimmer, als wenn sich hier im Norden Viehdiebe an braven Rindern zu schaffen machen. Vor allem aber erinnern mich solche Heimatschinken an die Zeit in München, Moosach.

Mein Vater, verblüfft und im vergeblichen Bemühen, die deutsche Wesensart anhand von oberbayerischen Wildererdramen zu verstehen, stand vor einem ziemlichen Rätsel. Hieß das – wollte man die dörflichen Sitten auf die Stadt übertragen –, dass man seines Nächsten Dackel nicht still und heimlich verhackstücken dürfe? Nun, das unterließ ein aufrechter Türke sowieso, auch wenn er allen räudigen Kötern Deutschlands die Beulenpest an den Hals wünschte. War das Spektakel eine subtile Aufforderung an die depperten Anatolier, sich kruzi an die lokale Kleiderordnung zu halten? Meine Schwester steckte schon im Dirndl, und ich musste zwei Tage in der Woche diese Barbarenlatzhosen tragen, der Ordnung halber.

Ein Filzhut kam nicht in Frage! »Der würdelose Mustafa«, wie er familienintern hieß, hatte auf seine Vollglatze nicht nur ein rattenfellähnliches Toupet gepappt, er trug auch noch den Försterfilz. Einmal im Monat trabte Mustafa in die volle Teestube und verkündete:

»Ich war beim Barbier, ihr wisst schon, bei Ali.« Mein Vater fühlte sich verarscht und wollte sich aus Rache von Mustafa, dem wahrlich Würdelosen, äußerlich unterscheiden. Also trug er keinen Filzhut, auch wenn sich diese Kopfbedeckung damals unter den Türkenvätern großer Beliebtheit erfreute.

Jedenfalls kam mein Vater zu keinem schlüssigen Ergebnis. Erwähnenswert ist nur der Umstand, dass er zur selben Zeit stapelweise Kassetten vom türkischen Export-Import-Videoclub holte. Besonders jene Hauwegfilme mit Cüneyt Arkin in der Hauptrolle hatten es ihm angetan. Mister Cüneyt trieb groben Unfug. Er kämpfte für den Sultan gegen das elende Gelumpe der Ikonenküsser, schnappte sich irgendwann ein besonders erlesenes Exemplar aus der weiblichen Christenheit, das auch prompt zur gläubigen Muslimin mutierte. Im Mittelteil der Nonsenshandlung kam es zu Balgereien mit und Blutbädern an den Heiden. Cüneyt »Janitschare« Arkin schoss einen Pfeil ab, woraufhin sich fünf Christenhunde vom Pferd warfen und recht epileptisch spontan verstarben.

Doch meinen Vater focht das alles nicht an, sein Herz hüpfte wie ein Lämmerschwänzchen. Er ermahnte uns, in den Kussszenen gefälligst wegzugucken und ansonsten Leib, Leben und Blut für die gerechte Sache einzusetzen. »Das macht einen Helden aus«, sagte er, »ein Held ist das Gegenteil von Mustafa, dem arg Würdelosen, der ein Gesicht hat wie die auseinander klaffenden Arschbacken eines Wildschweins, das der Herrgott uns verboten hat zu kosten, aber ich würde mich nicht wundern, wenn Mustafa in der Zeit, in der er vorgibt, auf dem Barbierstuhl zu sitzen, in ein deutsches Lokal schleicht, um sich hier eine Haxe in den Rachen zu rammen. Mögen ein Dutzend Tauben seine Perücke mit Kot verdrecken!«

Deutschlandstaffelei

erst die husarenkappe, im ungemischten rotwisch, auf den scheitel der kopfskizze setzen, und das auge täuschen und trüben mit einigen graden der helligkeit, nuance machen zu den seiten hin, wo's aussehn soll, als spannte sich der filz der kappe um den schädel, und an der stirn entlang die verdrillte besatzschnur, damit dem narr, den ich malen will, eine kenntlichkeit anzumerken ist. doch die litze muss in gold sein und aus purer malerei herausstechen, also greif' ich zu japanpapier, das, getunkt oder eingeweicht in holzleim, und an entsprechender stelle angeklebt, zu fast brüchigem pergament trocknet, und in der zeit, da feuchte form erstarrt, kann man nach herzenslust modellieren und sich in fingerkneten üben. ich nehme einen dicken graphitstift und treib's bunt in der skizze, was ich alles einsetzen muss, um dem gesichtsausdruck die mauligkeit zu vertreiben, ist mir erst nicht klar, die baby doll-augen soll'n verwischen, und die wimpern, dumme sternchenwimpern, drei zu einem niedlichen zacken verklebt, muss ich auflösen und herausreißen aus'm kindchenschema. ich gehe mit harter borste bei, wühle weiß ins verstrichene dottergelb, tatarengrobe jochbögen im breiten gesicht, damit die niedliche alltagssorge unter meinem farbensturm verschwindet, und weil ich von proportion zu proportion spring' in der eile des besessenen, dessen palette 'ne armeleuteschüssel ist, bin ich dabei, klares ungeschlammtes titanweiß um die pupillen zu punkten. das linke aug im starren blick auf vergangene verstrickung, das rechte aug zwinkert ganz gegenwärtig zu: so sind die rätselrater immer gewesen, ein zweieiiges augenpaar, zwei ungleiche blickfinger, und die nasenwurzel wirklich eine scheide, dass die ansichten nicht zur einheit schmelzen, das gekoppelte rätsel bringt kein cleveres schwein der welt zur deckung. einen rätselrater will ich mit allem drum und dran auf textur schichten, im perspektivengemälde eine komisch gewandete figur im augenblick ihres sinnesschwunds aussetzen dem urteil, und was ich noch will, wird schon der weitere akt klären. erst aber einmal kontur retten, und also nehm' ich den langstieligen pinsel zur hand und geh auf abstand, die umrisse von kopf und körper, von rock und hose sind zeitraubend gestrichen in schwarz, dass die umgebung das hauptmotiv auch ja nicht schluckt, die schwarze kontur ist 'n halunkenkniff, 'ne einfache lösung, um sich nicht mit allzu feiner schattierung zu plagen, später und kurz vor der vollendung werd' ich die schlampigkeit wieder wettmachen, aber nun mach' ich in grober handwerkerei, dass ich weiterkomm', und setze vorne und hinten in der ersten dimension klare gegenden. wer will schon im anfang seiner schnellen pinselhiebe knechtisch sich feiner manier ergeben, das fügt sich nach und nach, das kommt hinterher, wenn die honigmotten ins licht zappeln, wenn die rechte von satten farbschlägen auf die leinwand erlahmt, wenn der drang, ein bildnis aromatisch zu verfeinern, übermächtig wird. und kaum habe ich den vorsatz auf später verlegt, kommt mir in den sinn, dass sich gutes aas aromatisch ins maul schmeichelt, und nun will ich erst recht nicht aquarellbetulich ans werk mich begeben, und die visage meines rätselnden husaren braucht ja noch den offenen prärieblick, er soll nicht anders wirken wie vom kampfross abgeworfen, er, der am satteldorn festgriffig halt fand, er, der blutrunst liebt wider die scharen anderer stämme. die lächerlichwerdung des streiters in der zirkusarena, wohin es ihn nach dem abwurf verschlug, wo er an seinem funduskostüm nestelt wie irre, und sein schartiger sarazenensäbel nichts weiter als ein schöner spaß im kleinen raum der gaffer. ich verscheuch' die gedanken, und den hang zum verhängnis, den ich der figur anmalen wollte, entdecke ich als hanf für's verständnis der billigkäuferkunden, also verplumpe ich den körper, um der tragischen gestalt die tragik auszutreiben, ich reibe weiß und gelb, frei aus der tube, auf die schwarze kontur des rocks, dass die brustumhüllung aus der form gerät und rechter arm mitsamt ärmel sich wie eine flosse auf die flanke anlegen. und der ausskizzierte schwere kopf ruht auf der handwurzel der linken faust im satisfaktionshandschuh, nun weiß man die gestalt nicht so recht einzubinden in ein klares geschehen, er sitzt trübe da, als hätte man ihm eine schwere pferdedecke übergeworfen, dass er sich verschwitzt ja nicht die nierenkälte holte, ein zwergwüchsiger klumphahn im herbst seiner dummen sehnsüchte. ein im harnisch lebenslänglich erfrorener, der ministerialdirigent des mysteriums. er ist auf zack, trotz seiner molligen fleischwülste, die ich ihm in halben bögen an backe und doppel- und dreifachkinn anstreiche, sein trotz steckt ihm in den gliedern, und also nehm' ich die handkante als verwischer zur hilfe, tunke sie in das palettengemischte strahlenkranzgelb und mische die molligkeit auf, dass der wuthusar, aus seinem nährboden herausgebrochen und ins käufliche format gestellt, von macht und kraft zeugen kann: bevor ihn das rätselraten kontaminierte. und flugs tu' ich, was sich nicht gehört, und verbiege seine haltung durch florettstiche, und ich wühle in noch frischen farbwunden, es kommt mir nicht in den sinn, zwischendurch den pinsel ins arg verschmutze wasser zu tauchen, noch andere pinsel aus dem schlanken marmeladenglas zu greifen. der erste entwurf versackt fast völlig unter der attacke, und dies liebliche aus dem kleinsten winkel auszutreiben war doch mein wunsch, bevor die grundierung die leinwand klarte. aus dem knotenpunkt der geraden sticht endlich das dickliche wulstgesicht heraus, und um den anblick nicht aus den augen zu verlieren, noch ihn durch altes malwasser zu verschlammen, eil' ich schnell zum wasserhahn, knete die pinselborsten frei von pigmentplacken und gehe wieder hin zum werk. jetzt muß ich den zufallstreffer retten und dem ganzen den anschein geben, als wär' mein geschick das wahre temperament gewesen, ich retuschier' die überlängen und die überhänge mit grundierweiß weg, und die kappe gelingt, und der kopf gelingt, und der oberkörper ganz nach meinem wunsch und gelungen. was kann mich schon abhalten, jetzt und hier, weiterzulangen, und dem eingefangenen berserker die gallige seelentönung anzudichten mit meiner malgerätschaft, was anderes als lavaglasschwärze soll denn seine weite hose an farbe zeigen? aber erst streck' ich drei ultramarinblaue grabstelen vom boden hoch bis zur flossenverstümmelung des husaren, drei wahrzeichen, drei farbsteine, die dort nichts zu suchen haben, wo sie stehn, drei raumfüller, wie als wär' mir die idee mittendrin verreckt.

oben und unten muss ich schaffen, nicht wolke und sand, der husar ist nicht auf freiem fuß, noch muss er freiluftgebärden zeigen, vorm dekor gibt er 'n prächtiges bild ab, vor der tapete ist er ausgewiesen, die ich erst mit blutroten schlangenlinien versehe, von der decke runter bis zum anfang des bodens. und zwischen den schlangen mal' ich rote saftige gestirne und giftgrüne corona dazu, lumpige ornamente, in der wiederholung mysteriös und versammelt zum muster und verdichtet zur kulisse und gemacht, das vakuum zu schmelzen. jetzt aber, vier schritte von der leinwand weg, sehe ich, wie schön sich meine figur tatortkompetent verhält, im augenblick der schönen umgebung sind ihr die schultern weggerissen, ein wundenmann in lumpen, und der rostfraß der zermürbung schummelt ihr trauersein in die glieder. ich hab 'ne eingebung und renn' ins bad und komm' zurück mit einer rasierklinge und geh ran' an's gesicht, ich schabe die augenwülste heraus aus der samtheit des angesichts, das nimmer ein schöner anblick sein soll, aber panzerschutz und leeres visier. was mimt die gestalt stattdessen? und ist es nicht so, dass er nicht schreck einjagen soll, dass ihm die plakatangst wie billiger effektglitter schlecht zu gesicht steht? ich will einen romantiker, der nach küche stinkt, ich will verschwemmtes augenpaar und dazu, am selben körper in den gegensatz gekehrt, die brillanz des vom schicksal niedergehusteten. und die worte sind doch dreck, guter aromadreck, und angetrieben von erscheinungen in meinem kopf schabe ich mich in die feinarbeit, und geh' mit der dachshaarborste, die in der silberzwinge fächert, glatt über stirn und unter die augen. lasuriges verdünntes pigmentweiß ist charaktermacher, ist licht- und schattensetzer, und wie ich meine hand betrachte, sieht sie aus, als würde sie eine fuchsschwanzspitze gelenkig führen. in die pausen komme ich mit der linken und ritze kerben und stochere krater, denn es soll wirken, als wäre die seele gelangt zur kehle und steckte dort fest und gerate nicht in treibung zu den augen, dem augenpaar, aus dem sie ins freie fliehen könnte, ein für allemal gebannt aus dermaleinst schwelgendem fleisch. unter meiner bearbeitung wandelt sich der husar zum läuseeierknacker, der für eine weile sein geschäft niedergelegt hat, um bei gott eine große ehre einzulegen, er sieht aus wie ein girrender liebhaber im twistlokal der greisen körperklasse, und weil die Bilder nur so flackern in meinem schädel, steigere ich die schnelligkeit meiner pinseltupfer, und ich wecke jedes pampbild aus der starre hinaus und wecke meine figur mit dem sturm kurzlebiger strips. sie soll ihr augenmerk richten auf des rätsels größe, sie soll sich zeit nehmen vor der stunde der bestürzung, und also führ' ich mein werkzeug, halb hirn, halb bild im hirn, und wucher' mit halb geleimten, halb aufgesetzten ansichten. mein bild nimmt ausmaße an, es wächst aus meinen händen und aus dem schmierenkabinett heraus, das sich ein atelier schimpft, in dem sich bildstücke stapeln, als wär' ich ein prahler, der mit seinen butzenscheiben gaunerbüberei betreibt. keinen schritt könnte ich gelassen tun, ohne dass nicht ein fuß hängen bliebe an einer pigmentdose in einem vergessenen winkel. das material bleibt liegen und kommt erst wieder nach vielen stunden oder tagen zum vorschein, die regale sind voll mit blaupausen und skizzen und vorstufen, büttenpapier nebst packpapier, presspappe nebst ungerahmtem schwerfälligem zeugs. den blick vom bild zu trennen, immer wieder, meinen blick wieder anzupassen auf die materie in arbeit vor meinen händen, das hat sich als gute methode erwiesen mit der zeit, und ich lege mich ins mittel jetzt, weil ich den hasenreinen torso unter drei schichten, unter vier lagen, unter einem pampigen ölfilm verschwinden ließ. und jetzt soll er sich zeigen wie ein fangfrisch serviertes wild.

Um Kopf und Kragen
Galaxy im Gespräch II

Herr Tarntürk

Galaxy Herr Domian Tarntürk, wie kommen Sie zu Ihrem Vor- und Zunamen?

Herr Tarntürk Mein Vater hat aus berechtigtem Hass auf seinen Säuferpapi seinen Nachnamen offiziell ändern lassen. Tschükbaschi heißt übersetzt Pimmelkopf. Als Kind war mein Vater deshalb oft Zielscheibe für Häme und Spott.

Galaxy Sie sind Aktionskünstler und haben sich einen Künstlernamen zugelegt. Was verbirgt sich hinter der Bezeichnung »Narziss Nasch Nazi«?

Herr Tarntürk Wir bespiegeln uns in Mensch und Gegenstand. Wir naschen an allen Knusperhäuschen. Wir mästen das Naziungetüm in uns.

Galaxy Wie dürfen wir uns das Nazi-Monster in Ihnen vorstellen?

Herr Tarntürk Als böse Psychowolke. Als geile Sau mit tausend Zitzen. Als der falsche Priester mit den giftigen Hostien.

Galaxy Sie sprechen in Bildern …

Herr Tarntürk Die Kunst lebt vom unklaren Tatmotiv.

Galaxy Verstehe.

Herr Tarntürk Gehen Sie einmal die Fußgängerzone auf und ab, und Sie werden feststellen: Die Leute sehen aus wie magenverstimmte alte Köter, die einen schlechten Apport haben. Ich sorge dafür, dass sie sich ihrer Liederlichkeit bewusst werden.

Galaxy Das haben Sie schön gesagt. Sie haben auf dem Berliner Alexanderplatz 99 Frauen in Krankenschwesternkitteln dazu angestiftet sich öffentlich die Beine zu epilieren. Auf den Sinn dieses Spektakels befragt, sagten Sie wörtlich: Beinenthaarung ist Anstiftung zur neuen Romantik. In meinen Ohren hört es sich an wie ausgemachter Blödsinn.

Herr Tarntürk Nun, dann müssen Sie sich die Löffel waschen. Ich bin keine Auskunftsstelle für meine invaliden Zeitgenossen.

Galaxy Auf der einen Seite bezeichnen Sie sich als naschender Nazi, auf der anderen Seite wollen Sie ihren Mitmenschen auf die Sprünge helfen, auf dass diese einen sensibleren Umgang miteinander pflegen.

Herr Tarntürk Ich war mal sechs, da habe ich Hundekuchen probiert, aber nicht Nassfutter, das dann doch nicht. Der Anblick von Rinderpansen in Aspik faszinierte mich. Ich träumte, ich öffnete unzählige Futterdosen und löffelte schmatzendes Eingeweidegeschnetzeltes aus. Mit den Jahren bekam ich einen Heißhunger auf Hundenassfutter, so wie Menschen Ihres Schlages einen Jieper auf Kognakparfaits haben. Also hielt ich es nicht mehr aus und habe in einem Akt barbarischer Völlerei rohe Pansen gegessen …

Galaxy Und, hat es geschmeckt?

Herr Tarntürk Was für eine dämliche Frage, natürlich nicht! Darum geht es doch gar nicht. Mir war klar, dass mir meine Sinne einen Streich spielen. Ich wusste, ich sollte es bei Hundekuchen belassen. Aber man muss das Leben mit Schrecken aromatisieren. Ein Nazi, der Troubadourverse verfasst, hat bestimmt mehr vom Leben verstanden als meinetwegen ein öder Fragensteller.

Galaxy Danke für Ihre Wertschätzung. Demnach müsste ein Serienmörder aufgrund seiner einschlägigen Erfahrung mit dem Hackebeil das Zeug zum Philosophen haben …

Herr Tarntürk Es wird Ihnen nicht gelingen, mich aufs Glatteis zu führen.

Galaxy In Ihrem »Barbarischen Manifest« rufen Sie uns auf, Blutopfer zu schächten, das Schlankheitsdogma aufzugeben und uns »so viel Fleischberge anzumästen, bis ein jeder von uns einem Sumoringer gleicht.« Herr Tarntürk, sollen wir uns von derlei Empfehlungen ungeheuer provoziert fühlen?

Herr Tarntürk Provokation ist was für Bettnässer. Meine Kunst hat mit solchen pubertären Unanständigkeiten nicht das Geringste zu tun. Ich verweigere mich dem technofuturistischen Tinnef, das ist alles. Das natürlich reine Quellwasser der Alpen wird während seiner Reise ausgewogen mineralisiert. Wir können uns ein Beispiel daran nehmen.

Galaxy Wie verbinden Sie Alpenwasser mit dem dicken Sumoringer?

Herr Tarntürk Wenn der neuzeitliche Mensch zu seiner ursprünglichen Seelenlage zurückkehrt und die modischen Fitnesstipps über Bord wirft, wird er wieder Herr seiner Sinne und Kräfte werden …

Galaxy Sie hören sich selber an wie ein frisch getaufter Fitnesstrainer …

Herr Tarntürk Ich habe Ihnen schon einmal gesagt, dass Sie sich die Löffel waschen sollten.

Galaxy Neben Ihren Anleitungen für die modernen Zeiten fallen Sie durch Ihre megalomanen Inszenierungen auf. Neuerdings legen Sie mit Pappmaché-Labyrinthen an stark befahrenen Straßenkreuzungen immer wieder den Verkehr lahm …

Herr Tarntürk Meine Aktionsfolge »Leere Abgesperrte Irrgänge« verweist auf die Überorientierung der Menschen in den Großstädten. Meine

Kunst ist alles andere als richtungsweisend, ich will, dass man sich wieder in den tausend Labyrinthen verliert.

Galaxy Gegen Sie läuft ein Ermittlungsverfahren …

Herr Tarntürk … wegen Verunglimpfung der Polizei und übler Nachrede. Ich habe in einem Fernsehinterview gesagt, dass man den Polizeibeamten einen dicken Strohhalm in die Nase stecken sollte: Nach knapp einer Viertelstunde würde man miterleben, wie die Hirnflüssigkeit langsam herausgestopft. Ich habe für die Freiheit des Individuums plädiert, seinen persönlichen Polizisten anzuzapfen. Die Leute verstehen eben keinen Spaß.

Galaxy … ist auch nicht besonders witzig. Haben Sie sich sonst eines Vergehens schuldig gemacht?

Herr Tarntürk Man hat mich der Sonnenbankspannerei bezichtigt.

Galaxy Voyeurismus im Bräunungsstudio …

Herr Tarntürk Falsch, ich bin kein Sittenstrolch. Ein guter Freund von mir führt ein Sonnenstudio, das er mir gegen eine Benutzungsgebühr überließ. Das Studio war für die Öffentlichkeit ein ganzes Wochenende lang gesperrt. Ich habe mit meinem Team ein Splatterdrama mit Comedy-Elementen gedreht.

Galaxy Wie kam es zu dem Vorwurf?

Herr Tarntürk Nun ja, die örtliche Presse hat daraus die ganz dicke Geschichte gemacht. In der Zeitung war zu lesen, ich hätte Löcher in die Studiozellen gebohrt und den Frauen beim Entkleiden zugesehen …

Galaxy Das riecht ja nach Verleumdungsklage.

Herr Tarntürk Genau. Das Gericht gab mir Recht, und mit der mir zugesprochenen Schadensersatzsumme konnte ich mein nächstes Happening finanzieren.

Galaxy Wie sah es aus?

Herr Tarntürk Ein Happening hat gemeinhin nicht die Eigenschaft, in irgendeiner Weise auszusehen. Ein Happening ist oder wird. Aber was Ihre Frage betrifft: Ich habe auf den Hamburger Gazellenweg Holzleim ausgießen und echtes Menschenhaar in Büscheln ausstreuen lassen. Ach ja, da habe ich mir die nächste Klage eingehandelt …

Galaxy Sie führen ein bewegtes Leben und scheuen keine Konfrontationen. Müssen Sie ein Trauma bewältigen?

Herr Tarntürk Bis auf die häusliche Behütung und die öffentliche Beschulung ist alles in meinem Leben gut gegangen. Ich bin fett wie Bolle, das ja, aber das ist eine Sache der Biologie …

Galaxy Ihre Kritiker werfen Ihnen vor, Sie würden einer Vision von Zukunft zuarbeiten, in der Sie sich als der thick brother einer dickleibigen Gesellschaft sehen.

Herr Tarntürk Herr Richard Wurzbrunn hat es sich zur Lebensaufgabe gemacht, mit pürierten Hasenköteln statt mit Argumenten gegen mich zu hämen. Die von Ihnen zitierte Kritik stammt von ihm. Sein Aussehen ist ihm peinlich, also hütet er das Haus und spritzt Gift …

Galaxy Sie werden jetzt persönlich …

Herr Tarntürk Nein. Herr Wurzbrunn sieht aus, als hätte er bei der ärztlichen Rachenschau den Zungenspatel verschluckt. Anders kann ich mir seine halbseitige Gesichtslähmung nicht erklären. Er verkennt, dass ich den Leuten eine Vorstellung gebe, wie es ist, wenn der Betrieb nicht mehr flutscht …

Galaxy Was heißt das?

Herr Tarntürk In einem meiner Kunstbeispiele, wie ich meine Happenings nenne, habe ich frisch geschlachtete Mastsäue dem frei flottierenden Madenbefall ausgesetzt …

Galaxy Da dreht sich einem ja der Magen um …

Herr Tarntürk … wie eine Trommel im Schleudergang, ja …

Galaxy Und wieso bitteschön flutschte der Betrieb nicht mehr?

Herr Tarntürk Ich habe deutlich gemacht, dass ich nicht gewillt bin, smart art in der Likörstube zu machen.

Galaxy Sie haben ein ausgeprägtes Profilierungsinteresse …

Herr Tarntürk Ich mache mich eben nicht zum Büttel des herrschenden Kunstgeschmacks.

Galaxy Hundekuchen, Hasenkötel, Mastsäue: Herr Tarntürk, das Tierreich hat es Ihnen angetan!

Herr Tarntürk Meine Kunstbeispiele strotzen von Symbolpolitik. Ich wäre des Teufels, wenn ich Flora und Fauna zu verzichtbaren Beständen erklären würde.

Galaxy Sie haben für alles eine Erklärung parat. Eigentlich reden Sie daher wie ein Politiker. Haben Sie schon mal mit dem Gedanken gespielt, einer Partei beizutreten?

Herr Tarntürk Vor kurzem habe ich mit dem Kulturverantwortlichen der Christkonservativen Leitpartei gesprochen. Ich sagte, es wäre mir eine Freude, mein Scherflein für die deutsche Kulturrenaissance beizutragen. Ich wollte dreizehn Sauerländer Fichten mit Bratnieren behängen. Der Verzicht auf den traditionellen Christenschmuck und die Verwendung der Judaszahl 13 bringen die Assoziationsketten zum Glühen. Der Kulturfuzzi, ähh, Kulturverantwortliche bat sich Bedenkzeit aus. Er hat sich aber seitdem nicht mehr gemeldet. Ich schätze, ich werde mich nach einer anderen politischen Heimat umsehen müssen. Die Straßen sind nach wie vor mein Jagdrevier.

Herr Borste

Galaxy Herr Iglav Borste, Sie schreiben seit Jahren Ihre Revolverkolumnen für eine arrivierte alternative Zeitung und haben sich den Ruf erworben, die Zeitgenossen in humorvoller Weise anzugiften. Sie gelten nicht unbedingt als Menschenfreund.

Herr Borste Wer wird es mir verdenken? Es sind einfach zu viele quasi glibberige Plauzfratzen unterwegs. Sie kommen aus der schlammigen Unterwelt und geben sich als Prominenz aus. Man muss sie sich vom Halse schaffen, denn sie sind nicht umweltverträglich. Ich gebe quasi den Status quo wieder.

Galaxy Mit böser Zunge gegen die Missstände wettern, ist das Ihr Humorprogramm?

Herr Borste Humor ist ein Essential des sozialdemokratischen Parteistatuts. Damit will ich mich nicht belasten, das geht mir an der Körperstelle vorbei, wo die Affen quasi Nüsse knacken. Und Missstand gehört ja inzwischen zum Sprachschatz selbstbewusster Manager. Ich hasse verhaltensauffällige Aktivisten, die kosten mich den letzten Nerv.

Galaxy Was genau stört Sie an den Personen des öffentlichen Lebens?

Herr Borste Kennen Sie die Futterbettellaute der Jungvögel im Nest? So ungefähr, also quasi ähnlich, verhält es sich auch mit der Schickeria, die um Aufmerksamkeit winselt und nichts sehnlicher wünscht, als in die Klatschspalten-Walhalla aufgenommen zu werden. Ich verderbe denen ein Stück weit den Spaß.

Galaxy Aha. Ihre Humor-comments sind also leise Andeutungen mit dem Elefantenrüssel?

Herr Borste Na, keine Ahnung. Ist mir auch piepegal. Diese Parasiten Gottes muss man jedenfalls mit Verachtung strafen, das tue ich dann quasi auch.

Galaxy Sehen Sie sich in der Tradition von Gesellschaftskritikern wie Tucholsky und Kraus?

Herr Borste Die sind doch tot.

Galaxy Das ist nicht der Punkt.

Herr Borste Ist doch pumpkin pie, das alles!

Galaxy Was heißt das?

Herr Borste Ist englisch und heißt übersetzt Kürbiskuchen.

Galaxy Verstehe. Herr Iglav Borste, Sie kennen keine Vorbilder, mit Gesellschaftskritik wollen Sie nichts zu tun haben, und doch liefern Sie Woche für Woche Porträts von Ihnen unliebsamen Menschen, denen Sie hart zusetzen. Ist Ihnen einmal der Gedanke gekommen, dass auch Sie Ihren Platz als prominente Witzfigur beanspruchen?

Herr Borste Hören Sie, ich mache mich zu Recht lustig über Charakterschweine und ihr quasi virtuelles Leben. Diese Typen haben eine Sozialklatsche, die sind von Haus aus immens beknackt. Nehmen Sie diese Steffi Läuterbark, eine ehemalige Weinkönigin. Die hat sich in die Promikreise regelrecht reingebumst, ansonsten ist diese Schnepfe so dämlich, dass man ihr eine Überdosis Teufelskralle-Kapseln gegen geistiges Rheuma verschreiben müsste. Aber nein, die Journal-Kanaillen hofieren sie und drucken jedes Zitat quasi wie eine Presseerklärung auf …

Galaxy Und das ist für Sie Grund genug, um über sie zu schreiben: »Das Steffilein ist eine Dame unserer Zeit. Das Steffilein verfügt quasi frauenbewusst über ihre Schleimhaut …«?

Herr Borste Na und? Das Steffilein ist doch quasi ein Kunstprodukt, und ich habe das Produkt beim Namen genannt. Die Verwandlung einer Pisskafftorte in eine Glamourtante läuft eben über den Gebrauch der Schleimhäute, nicht immer, aber sehr oft und wann immer es angeraten erscheint.

Galaxy Ihre Kolumnen erinnern mich sehr stark an die Top- und Floplisten der Boulevardpresse …

Herr Borste Weiß nicht. Ist auch völlig Banane.

Galaxy Sie würden nichts dagegen haben, wenn man Sie einen Marktforscher nennte, der nach stark subjektiven Kriterien verfährt?

Herr Borste Weiß nicht. Ist auch quasi Banane.

Galaxy Herr Iglav Borste, wie entscheiden Sie, ob sich eine Person, sagen wir einmal, geradezu als Opfer anbietet?

Herr Borste Das Steffilein, zum Beispiel, hat dem anwesenden Journalisten im Kreißsaal, quasi kurz vor ihrer Entbindung, verklickert, ihr Ex-Begatter trage schon mal String-Tangas mit Weichelastikbund. Der Scheiß stand am nächsten Tag auf Seite eins der Zeitung. Wie würden Sie das bezeichnen?

Galaxy Die Dame hat einen ausgeprägten Mitteilungsdrang.

Herr Borste Das ist die vornehme Version. In meiner volkstümlichen Fassung heißt das: Dem Steffilein ist gar nichts peinlich, wenn es darum geht, ihre zugeschminkte Haut zu Markte zu tragen. Es würde sogar die Kötel ihres Terriers fressen, wüsste sie, dass es eine Schlagzeile einbringt.

Galaxy Soviel ich weiß, hat sie keinen Hund.

Herr Borste Schön für den Hund.

Galaxy Wir wollen jetzt nicht Frau Läuterbark über Gebühr thematisieren. In den letzten Wochen ist ein Krieg der Komiker entbrannt. Ihr Kollege Rainer Simontschek ließ in »Die Zeiten« die große Bombe platzen. In seinem Essay »Avanti Dilettanti!« setzt er zu einem Rundumschlag gegen die, wie er sagt, »erbärmlichen Witzarbeiter« in Deutschland an. Er nennt Sie einen Kinderbuchhumoristen, der Humor von seiner darmdicken Bierwampe nicht unterscheiden könne.

Herr Borste Ich kenne den Typen. Der stinkt optisch, der lebt quasi von Würmern.

Galaxy Herr Simontschek hält Sie für den typisch deutschen Spießerextremisten, der Affektlaute von sich gibt. Ich glaube, er spricht in diesem Zusammenhang sogar von dem Grunzgeschöpf Borste.

Herr Borste Der soll sich erst mal das Fotzenbärtchen abrasieren, bevor er andere beleidigt.

Galaxy Wieso beleidigt? Er zahlt es Ihnen doch mit gleicher Münze heim.

Herr Borste Stimmt nicht. Die Mone – so nennen wir den Simontschek unter uns – hat maximal das Zeug zum Table Dancer in einer Hafenkaschemme.

Galaxy Herr Simontschek nennt Sie »ein überbackenes Gipsklößchen, das sich aus der gleichen Körperöffnung entleert, aus dem es auch spricht …«

Herr Borste Was soll das eigentlich? Sie traktieren mich hier quasi die ganze Zeit mit Zitaten von diesem Spinner. Sie wollen mich doch reizen, bis ich vor Wut Schaum erbreche.

Galaxy Bislang verstehen Sie sich aber prächtig in der Kunst der Selbstbeherrschung.

Herr Borste Ich will hier mal eins klarstellen, ja! Die Mone, ja, die hat 'n Kolossalproblem, ja, die kennt Hirn quasi als orientalische Delikatesse, ja, das ist ein Komiker, im wahrsten Sinne des Wortes nämlich!

Galaxy Ich möchte auf meine Frage von vorhin zurückkommen. Ihr Kollege Rainer Simontschek wildert in denselben humoristischen Jagdgründen wie Sie. Was macht Sie, Herr Iglav Borste, so besonders, dass Sie sich seiner Kritik entziehen?

Herr Borste Die Mone hat keinen blassen Schimmer, was Kritik angeht. Außerdem ist sie eine Dreckschleuder und sonst gar nichts!

Galaxy Moment mal. Sie parieren seine zugegebenermaßen sehr persönliche Kritik mit Unflätigkeiten. Sind Sie eine Mimose, Herr Borste?

Herr Borste Ich glaube, ich bin im falschen Film. Ich will über diese Arschkrücke nicht mehr reden.

Galaxy Wie Sie wollen. Wie sind Sie überhaupt zu Ihrem jetzigen Beruf gekommen. Waren Sie der Witzbold der Klasse?

Herr Borste In der Schule habe ich durch Abwesenheit geglänzt.

Galaxy Das ist eine eher unbefriedigende Antwort.

Herr Borste Ich habe geschwänzt, wann immer es irgendwie ging, ich habe mich mit Schokolade und Chips eingedeckt und bin dann zur Stadtbücherei, um hier auch rumzulungern oder aus reiner Boshaftigkeit ein paar Seiten aus wahllos aus den Regalen geklaubten Büchern herauszureißen. Meistens habe ich meinen Kummer verschlafen.

Galaxy Wie stand es mit Freunden?

Herr Borste Ich neige nicht zu Vertraulichkeiten.

Galaxy Nun gut, ich sehe schon, Sie wollen sich Ihrer Jugendzeit nicht stellen. In einer Ihrer Kolumnen ziehen Sie über die Minipli-Kastraten in der populären Kulturbranche her. Was meinen Sie bitteschön damit?

Herr Borste Dass der Prolet sein Korkenzieherlockenbeet auf der Rübe pflegt, sehe ich ja noch ein. Er ist quasi ein wandelndes Emblem seiner niederen Herkunft. Früher schnappte sich der Knecht, was an Brotkrumen vom Tisch seines Herrn und Meisters herunterfiel. Heute äfft alle Welt quasi den Slumtrash nach. Soziale Mobilität heißt in unserer Zeit der Griff nach unten oder so.

Galaxy Also doch Gesellschaftskritik! Wer ist nach Ihrem Dafürhalten ein Minipli-Kastrat?

Herr Borste Die Mone. Ein eindeutiger Fall von Miniplismus.

Galaxy Sie scheinen den Herrn Simontschek nicht unbedingt in Ihr Herz geschlossen zu haben.

Herr Borste Die Mone bindet sich vorm Schlafengehen eine Schnurrbartbinde um und geht morgens seinem Moskowitischen Bärtelchen mit der heißen Plätte bei, um es in Fasson zu halten.

Galaxy Herrn Simontscheks Ausführungen sind ein Stück sachlicher als Ihre Attacken. Er beschuldigt Sie, mit der Promigilde das eine oder andere Hühnchen zu rupfen, im Geheimen jedoch alles andere als von der öffentlichen Meinung unbeeindruckt zu sein, wie Sie es immer vorgeben. Sind Sie eine Rauhbein-Attrappe, Herr Borste?

Herr Borste Die Neigung zur totalen Schummelei ist mir fremd. Das unterscheidet mich schon mal quasi von der scheiß Schickeria. Die Prominenten sind Leichen, und meine Texte sind quasi Obduktionsbefunde.

Galaxy So kommen wir nicht weiter. Sie reihen eine Behauptung an die andere. Was ich wissen will, ist, ob Ihnen nicht der Stoff ausginge, wenn die Prominenz, die Sie ja von ganzem Herzen hassen, beschlösse, einfach unter sich zu bleiben?

Herr Borste Das kann die gar nicht, die Prominenz. Wir sprechen doch hier davon, dass die besagten Parasiten Gottes bei Blitzlicht und auf Druckerschwärze keimen. Ich möchte nicht dazugehören, ich sehne mich nicht nach dieser Lebensform.

Galaxy Nun, Sie erfreuen sich auch nicht einer massiven Beachtung. Aber anscheinend fühlen Sie sich in Ihrer alternativen Nische pudelwohl.

Herr Borste: Wo man sich aufhält und aus welcher Ecke man die Fratzen im Auge behält ist quasi Banane. Ich bin kein Bodypainter, mein Körper ist nun mal so, wie er ist, ich schreibe ja quasi mit den Händen.

Galaxy Das glauben wir Ihnen aufs Wort. Sie haben den Begriff Zickenbiss geprägt. Was dürfen wir uns bitteschön darunter vorstellen?

Herr Borste Zicken sind unqualifizierte Horizontalgewerbler im Rampenlicht. Anne Winter, Mona Druhs und das Steffilein eben. Ihre DNS diktiert ihnen einen beträchtlichen Hohlheit-Faktor. Per Silikon und Kollagen kriegen die auch Titten und Arsch in die richtige Form. Jetzt fehlt nur noch der passende Promi-Lump. Zehnmal Ficken, zweimal fast nackt zum Gala-Dinner, und schon ist man quasi eine öffentliche Vollnutte. Der Biss der Zickenfrau ist ein Phänomen.

Galaxy Was haben Sie eigentlich gegen Anne Winter?

Herr Borste Wieso, hat sie Sie gebissen?

Galaxy Ich frage aus reiner Neugier.

Herr Borste Frau Winter hat sommers wie winters ein entblößtes Geschlechtsteil unter ihrem knappen Röckchen. Wenn sie zudem an ihrem Schampus nippt, hat man den Eindruck, sie würde gleich dem Tarifpartner quasi ihre Liste aufsagen: 50 Mark fürs Blasen und dreihundert fürs Ficken mit Gummi.

Galaxy Na, das wollen wir jetzt nicht gehört haben! Und was ist gegen Frau Druhs einzuwenden?

Herr Borste Frau Druhs hat zwei Gesichter. Einmal Ihre Sperrmüllvisage und dann noch das Milchdrüsen-Duo. Man sollte dem Dämchen mal Nacktschnecken in den Ausschnitt tun, dann hätte man quasi ein Gesamtkunstwerk: Schleimspuren auf Schleimgrund.

Galaxy Herr Iglav Borste, haben Sie schon mal erwogen, zu einem Boulevardblatt überzuwechseln. Ich kann mir gut vorstellen, dass man Sie als Klatschartist mit Kusshand nehmen würde.

Herr Borste Sie wollen mir doch nur niedere Triebe anhängen wie diese Bärtel-Mone. Ich sage Ihnen was: Chacun à son métier. Bei einer gebührend hohen Ablösesumme könnte ich mir einen Wechsel quasi natürlich vorstellen.

Herr Detmold

Galaxy Herr Bernd Detmold, wie lautet Ihre Berufsbezeichnung?

Herr Detmold Bundesautobahn-Raststätten-WC-Pfleger & Aufseher.

Galaxy Sind Sie sicher, dass Sie kein Beamter sind?

Herr Detmold Das verbitte ich mir! Ich bin ein selbstständiger Freiberufler.

Galaxy Das hört sich nach Künstler an.

Herr Detmold Das kann ich akzeptieren. Es verlangt schon das Feingefühl und die Kunstfertigkeit eines Restaurators, um unter den Unratsedimenten das weiße Porzellan freizulegen und den strahlenden Glanz der Oberfläche wiederherzustellen.

Galaxy Nichts gegen Ihre künstlerische Ader. Aber glauben Sie nicht, dass Sie für fast alle, die hier ein- und ausgehen, nur eine Putzkraft darstellen, der sie zudem noch eine nicht unerhebliche Benutzergebühr entrichten müssen?

Herr Detmold Sie zielen auf den Kerngehalt meiner Beschäftigung, da muss ich etwas ausholen …

Galaxy Nur zu, lassen Sie sich nicht abhalten.

Herr Detmold Nicht umsonst heißt dieser stille Ort eine Bedürfnisanstalt … (ein Klobenutzer legt eine Münze auf den Teller) Dankeschön, der Herr. Wo waren wir stehengeblieben? Ach ja, Bedürfnisanstalt. Ich gebe zu, eine antiquierte Bezeichnung. Wo sind wir also hier? An einem Ort für das menschliche Bedürfnis, sich zu erleichtern. Wer bin ich also? Ein Bediensteter, der sich mit einem Teilbereich der menschlichen Intim- und Privatsphäre beschäftigt …

Galaxy So weit können wir Ihnen folgen. Doch was folgt aus Ihren Erläuterungen?

Herr Detmold Wenn ein Mensch so offensichtlich in der Nähe des Auswurfs lebt, wird er verachtet. Ich bin bei den Toilettenbenutzern schlecht angeschrieben, weil ich mit dem, was ihre Kehrseite entäußert, unmittelbar zu tun habe. Verstehen Sie?

Galaxy Absolut.

Herr Detmold Ich könnte mit einem Ahornnasenkleber im Gesicht auf meinem Stuhl sitzen, und den Leuten wäre das egal. Eine Extravaganz in ihrem Blickfeld, na und? Man sieht ja viele Spinner in seinem Leben, was soll da ein schräger Kloputzer groß auffallen (Kling) … Dankeschön, der Herr. Wünsche eine gute Fahrt … Ich könnte mich als Karnevalstransvestit verkleiden, ich könnte mir eine englische Richterperücke aufsetzen, es wäre nicht der Erwähnung wert. Sobald ich jedoch mehr Worte verliere als unbedingt nötig, ist das ein klarer Fall von Toilettenfriedensbruch.

Galaxy Wie meinen Sie das?

Herr Detmold Die Herren und Damen verrichten in diesen Räumen ihr Geschäft. Ich bin für die Herrenkabinen zuständig, also direkt betroffen, eine Jugo-Putzfrau sorgt für den weiblichen Benutzerbereich. Und für Mann wie Frau gilt: Sie dulden keine Sperenzchen von Seiten des Aufsichtspersonals.

Galaxy Was sind bitteschön Sperenzchen?

Herr Detmold Pfeifen, Trällern, lautstarke Unterhaltungen zwischen den Reinigungskräften … (Kling) … Dankeschön, die Dame … Ich muss schon sagen, die jugoslawische Putzfrau ist manchmal begriffsstutzig, sie tut selten, was man ihr aufträgt. Bei ihr in der Heimat mag es ja angehen, dass man mit demselben Lappen Klobrillen und Waschbecken scheuert. Aber hier gelten andere Reinlichkeitsregeln. Ich muss sie schon mal ins Benehmen setzen, und es ist einige Male vorgekommen, dass ich wegen ihrer Dämlichkeit die Beherrschung verlor.

Galaxy Sie sind laut geworden, und die Leute haben sich darüber beschwert.

Herr Detmold Sie sagen es. Es war mir sehr peinlich. Sonst lasse ich mir nichts zuschulden kommen. Aber diese dumme Person treibt mich noch zum Wahnsinn. Ich habe mich jedenfalls bei den Herren und Damen für mein pampiges Verhalten entschuldigt. Sie zeigten Verständnis für meine Situation, nur eine Frau hat mir zu verstehen gegeben, dass ich es bei ihr verscherzt hätte.

Galaxy Weshalb?

Herr Detmold Die Frau konnte sich nicht beruhigen, sie sprach vom Skandal, ich wäre ein Ungeheuer, weil ich eine ausländische Mitbürgerin derart herumschubse. Solche Leute wie ich seien eine Schande für Deutschland, und der Aufstand der Anständigen würde Ungeheuer meines Schlages hinwegspülen.

Galaxy Womit wir wieder bei Ihrem Aufgabenbereich wären. Herr Detmold, welche Verrichtungen fallen unter den Oberbegriff »Kloputzen«?

Herr Detmold Es könnte eklig für Sie werden.

Galaxy Nur zu!

Herr Detmold Schamhaare vom Urinbeckenschnabel auflesen, die Kotspritzer an den Fliesen hinter dem Klodeckel kratzen, die Klobrillen desinfizieren, nach einer massenhaften WC-Benutzung die Fenster auf Kippe stellen, die Lufterfrischer in der Geruchsrichtung Limone überprüfen. Und natürlich verstopfte Toiletten in Ordnung bringen.

Galaxy Wie gehen Sie da vor?

Herr Detmold Ich habe große Flaschenbürsten auf Schwanenhalsform zurechtgebogen ... (Kling) ... Danke, der Herr, und weiterhin gute Fahrt ... Aber wenn es sich um eine hartnäckige Verstopfung handelt, wie das bei Damenbinden, Inkontinenzbinden bei älteren Herrschaften, allerlei Verpackungsmaterial und so weiter der Fall ist ... also da hilft nur noch hoch ätzendes Abflussfrei. Den Inhalt zweier Flaschen reinkippen, zehn Minuten zersetzen lassen und dann mehrmals spülen.

Galaxy Dieses Thema ließe sich ohne Zweifel weiter vertiefen. Aber nun zu einer anderen Frage: Herr Bernd Detmold, überträgt sich der Gegenstand Ihrer Arbeit auch, sagen wir mal, auf andere Bereiche Ihres Lebens?

Herr Detmold Was für eine hundsföttische Frage! Ein Kloputzer ist noch lange nicht ein Patriot der Scheiße!

Galaxy Erlauben Sie mir, ein Missverständnis zu klären. Ich habe wirklich nichts gegen Sie und Ihren Job. Ich hege keinerlei Vorurteile, das müssen Sie wissen.

Herr Detmold Dann ist ja alles gut. Eine Charme-Offensive habe ich jedenfalls nicht nötig.

Galaxy Das ehrt Sie. Sie halten es also mit der Devise: Bier bleibt Bier, Arbeit bleibt Arbeit?

Herr Detmold Weiß nicht, diese Losung ist mir nicht geläufig. Wenn Sie fragen, ob ich meine Arbeit mit nach Hause mitnehme, dann liegen Sie nicht falsch. Ich wende tatsächlich in der Praxis Ergebnisse der skatologischen Forschung an … (Kling) … Danke, der Herr. Eine angenehme Weiterfahrt wünsche ich Ihnen …

Galaxy Was ist bitteschön eine skatologische Forschung?

Herr Detmold Mit einem Wort: Unflatkunde. (zu dem Herrn, der nach Entrichtung der Benutzergebühr interessiert zuhört) Was wünschen der Herr?

Herr Die Papiertücher sind alle. Ich brauch' was zum Händetrocknen.

Herr Detmold Hier haben Sie erst einmal eine Serviette. Ich kümmere mich gleich um den Papierspender … Also die Skatologie. In der Schweiz hat man noch im vorigen Jahrhundert zur Käsegärung abgestandenen Harn benutzt. Die chinesischen Kaiser hatten ein vergoldetes Bambusrohr zur Hand, wenn sie Wasser ließen. Die Hexenmeister betreiben Zukunftsdeutung aus Schafsmist …

Herr Andere Länder, andere Sitten.

Herr Detmold … Die Koreaner benutzen Menschenkot gegen Zecken- und Schlangenbisse. In Samoa nannte man das neugeborene Kind Kot der Gottheit. Ich weiß allerdings nicht, ob das Brauchtum heute noch existiert.

Herr Das sind ja alles sehr unappetitliche Dinge, Mannomann.

Galaxy Sie haben sich also mit der Geschichte der schmutzigen Stoffe befasst.

Herr Detmold So ist es. Es gab im Mittelalter wandelnde Bedürfnisanstalten, man nannte sie Abtrittanbieter. Natürlich erfreuten sich auch diese meine Arbeitskollegen keines guten Rufs. Die Menschen waren eben immer bereit gewesen, die für die niederen Arbeiten abgestellten Putzer als Lumpen unter ihrem Stand zu betrachten.

Galaxy Nun verdienen Sie aber auch Ihren Lebensunterhalt mit und an dieser Toilette. Sie gehört sicherlich nicht Ihnen?

Herr Detmold Nein, ich habe sie gepachtet.

Galaxy Das heißt, Sie zahlen eine Pachtgebühr, und was Sie darüber hinaus erwirtschaften, können Sie behalten.

Herr Detmold Ja, das stimmt. Es ist aber längst nicht mehr so einträglich wie früher. Wir müssen ja alle schauen, dass wir mit unserem Geld irgendwie lang kommen. Ein Mal aufs Klo für fünfzig Pfennig: Da überlegen sich die Leute schon zweimal, ob sie für eine einzige Erleichterung 'ne halbe Mark springen lassen wollen.

Galaxy 50 Pfennig pro Nase. Ein gut gefüllter Reisebus mit 50 Personen, das macht 25 DM in vier Minuten. Sie kommen schon auf Ihre Kosten, Herr Detmold.

Herr Detmold Diese Rechnung geht nur auf dem Papier auf. Erstens ist ein Reisebus selten voll belegt. Dann stehlen sich in dem ganzen Menschengemenge viele einfach davon, ohne etwas bezahlt zu haben. Die Pacht, die Jugoslawin, die Reinigungsmittel, das schlechte Essen von der Kantine nebenan, all das frisst das Geld nur so weg. Mir bleibt leider nur ein bescheidenes Einkommen.

Galaxy Wir müssen trotzdem von einem relativ einträglichen Geschäft ausgehen. Man munkelt sogar, dass sich Schutzgelderpresser in Ihrem Gewerbe umtun.

Herr Ja, davon habe ich auch gehört.

Herr Detmold Ach was, dummes Gerede! Das fehlte mir noch, eine Bedürfnisanstalt-Mafia ...

Herr Das können Sie doch nicht einfach so abtun. Diese Albaner und Russen, wir haben das Pack doch jetzt am Hals. Mensch, ich habe damals Gorbatschow zugewunken, dem Schwein haben wir die ganze kriminelle Bagage zu verdanken, hätt ich's damals kommen sehen können, hätte ich ihn mit faulen Eiern beschmissen ...

Galaxy Ich bitte Sie, wir sind hier in einem offiziellen Interview. Lassen sie uns weitermachen, ja? Also Herr Detmold, Sie behaupten also, nie von kriminellen Elementen gehört zu haben, die unter Androhung roher Gewalt eine Teilhabe an den Einkünften von Klopächtern erzwingen? Und übrigens, die Nationalität spielt keine Rolle.

Herr Detmold Das sind Ammenmärchen. Doch wenn Sie so weitermachen, bringen Sie die Ganoven noch auf eine gute Idee!

Galaxy Es haben sich bisher keine Geldeintreiber bei Ihnen vorgestellt?

Herr Also, ich halte das für möglich. Der Mann hat doch Schiss, wenn er Ihnen die Namen der Albaner preisgibt, kommen die morgen und schießen ihm in beide Kniescheiben. Die kennen keine Skrupel.

Galaxy Bitte gehen Sie. Haben Sie nichts anderes zu tun?

Herr Nö. Ich habe Urlaub, das habe ich mir auch verdient, so hart wie ich arbeite. Ich bin nämlich ein anständiger steuerzahlender Bürger und ich lasse mir …

Galaxy Lassen Sie uns in Ruhe. Halten Sie einfach den Mund, wenn Sie schon hier dumm herumstehen müssen!

Herr Das ist ja unerhört. Ich lasse mich nicht fortschicken, Sie Rüpel Sie!

Herr Detmold Ich muss doch die Herrschaften wirklich bitten! Was Ihre Frage angeht, ich lasse mir und meiner Toilette keine dunklen Umtriebe andichten. Hier geht es gesittet zu, aller Herren Völker kommen hier schei …, ihre Notdurft verrichten, waschen sich, wenn sie eine gute Kinderstube genossen haben, ihre Hände, legen fünfzig Pfennig auf den Teller und gehen ihrer Wege. Dies ist eine Bedürfnisanstalt, meine Herren, und kein Ort der Begegnung oder gar eine Schießbude. (Kling) … Dankeschön die Dame, sehr freundlich von Ihnen …

Privatleben

Blue Rondo à la Kanak

Der schmucke Prinz, der Löwe aus Istanbul

Volles S-Bahn-Abteil. Innerer Monolog eines Kanak-Youngsters an eine Mascara-Schönheit am äußersten Ende der Sitzreihe.

»Was sitzt denn da für'n scheues Zicklein und schaut auf ihre spitzen Knie, was die man durchglimmen durchs Perlweiß der Nylonstrümpfe? Ich würd' doch glatt vor Gott, dem Herrn, 'ne schwer korrekte Ehre einlegen, wenn ihr die Zermürbung weghexen täte, inner Kongofiebernacht, wo ich ihr'n Süperkörper mit 'ner Mund voll Expressküssen entflamm, dass sie sich biegt wie'n Schilfrohr im Wind. O Frau, du hast inner Liebe noch kein' Mann erlebt, dich hat nur's Kalte berührt. Da kannste noch so munter mit'm flinken Lidstrich 's Schroffe vonnen Augen putzen, ich erkenn' dir deine Pupillen. Aber wenn ich dich so anseh', krieg ich 'n Gefühl für deine Priorität, du machst es nicht unter 'ner Sargklasse, du glühst nur für so 'ne Nulpenknaben mit 'ner glänzenden Pelle, du hälst Händchen mit Make-up-Buben, die da man *face protector* und Nachtcremechen und Bartstoppeldünger inne Visage klatschen. Dir deine Tendenz gibt dir ein, dass du dich befühlen lässt, an dir deine Stringtanga nur von so 'ne Rasierwasser-Klumpen, und ich bin nach dir deiner Tendenz nur'n Spanferkelhasser, der aus gammeligen Steckrüben kompostiert ist. Auf deiner bekackten Gästeliste such' ich vergeblich nach mir meinen

Namen. Du hast 'ne fette Irreleitung in dein' Geschmack eingebaut, dabei bin ich 's neue Profil, nach dem du spähst innem grellen Discoglimmer oder inner Schampuskaschemme. Was dich an Mann umschwärmt, is' keine schlaffe Kuhmilz wert. Schau mich an Frau, ich bin's, der schmucke Prinz, der Löwe aus Istanbul, der Gebieter über die Läuseeier und Hänger da draußen, ich bin dir deine Kraft und Herrlichkeit. Erst heut Morgen hab' ich mir die Hemdkragen über die Lederjackenaufschläge gestrichen, sodass mir die Türkenkresse aus'm Ausschnitt quillt, denn so'n Brusthaar is' das erste Zeichen von 'nem Mann. Die schneeweißen Arier haben nicht 'ne volle Kraft im Leib, weil ihnen nix sprießt aus'm Brustkorb, die sind im Mannesalter so glatt wie bei ihrer scheiß Geburt, als sie aus Muttis Gedärm rausflutschten ins olle Leben. Erst heut Morgen hab' ich mir den Nackenspoiler innen Nacken gestriegelt, dass ich die Stirn frei hab' für 'ne Widerstände des Tages. Und als ich vor'm Spiegel stand, sah ich 'n Haufen Männerglanz wie 'n Mond, wenn er zu 'ner Sichel abnimmt und von 'nem Nachthimmel auf die Schwarten der Feigen und der Mutigen scheint. Ich hab' heut Morgen vor'm Spiegel mir gesagt: Alter, geh hinaus inne weite Welt und schlag' dir 'ne private Schneise ins scheiß Dickicht. Und jetzt steh ich hier zwischen all den Moorleichen, und du erkennst nicht die Spur, was in diesem Moment abgeht an Schicksalserotik. Es fallen 'ne Hand voll Locken über deine Augenbrauen, die machst du dir inner Herrgottsfrühe vor deiner Schminkkommode, das sehe ich dir an. Also wär mein erster Liebesakt, dir jede Menge Lockenwickler zu schenken, in pink und zigeunerrot, in fliederviolett oder tigerfellgemustert. Und wenn dein Herz gescheit is', würd's nix mukschen gegen meine Liebesmüh, und wenn du mein Magnetismus erkennen tätest, würdest du mich in dir deine Jaderäume lassen, und ich würd' sogar jeden Morgen höchstpersönlich die Lockenwickler ins schöne blonde Haar spannen. Denn ich leb' nach 'm alten Protokoll der Liebe, und ich bin doch 'ne frische Haut, 'n taffer Jäger mit tausend Ködern«.

Private Banking

Der Herr Bankangestellte Brunner empfängt mich äußerst ungern. Es gehört aber eben zu seinen Pflichten, etwas mehr Sorgfalt anzumahnen, wo kein Moos wächst und das Kundenkonto so tot ist wie eine flache Flunder in der Pfanne. Ich hatte es am Automaten versucht, dann am Großen Kiel stumm die Gänse beglotzt. Als sich ein kleiner Trupp grimmig in meine Richtung aufmachte, hielt ich die Zeit für gekommen, Herrn Brunner zwei Blaue abzuschwatzen.

Der energische Mann von Welt hat eine Kinnkerbe und stürmt in den Raum wie ein Geiselbefreier. Also hastete ich im geduckten Galopp in die Bank und blieb erst mal stehen. Das atmosphärisch Verquollene, wie es Mausoleen und heiligen Hallen zu eigen ist, stieg mir gleich in die Nase. Komisch ist das schon: Eine Bank ist eine Kreditvergabestelle und basta, doch die Leute tun so, als würde ihnen ein Priester eine olle Hostie auf die Zunge pappen.

Herr Brunner hat nicht zwei Augen im Kopf, sondern eine Radaranlage. Er stand in meinem toten Winkel, höchst unangenehm, wenn der Feind einem seinen Atem in den Nacken blasen kann. Man fühlt sich längst abgeknallt, dabei hätte man in aller Ruhe entlang der buschigen Pflanzenstauden robben und sich zwischen den Standschildern postieren können.

Ah ja, Herr Zickmokk, äh, Zeihmogul, was führt Sie zu uns? Ich trug Unbekümmertheit zur Schau.

Ich war gerade in der Gegend, und da dachte ich, ei kuck, da ist ja die Bank, da dachte ich, wenn du schon mal zufällig da bist, geh' mal hin und besorg' dir zwei blaue Lappen, äh, 200 Mark. Und da bin ich!

Und da sind Sie, sagte Herr Brunner.

Also, ich bin wirklich froh, hier zu sein, sagte ich.

Das hören wir gern, sagte Herr Brunner, aber Ihnen ist sicher aufgefallen, dass wir im Foyer Geldautomaten führen.

Ich habe es gern etwas persönlich, sagte ich. Herr Brunner scherte sich einen Dreck um Zeitenwenden in der Mode, er liebte seine fliederfarben pointierten Krawatten und schnürte sie so eng um den Hals, dass der Knoten knapp unterhalb des Adamsapfels anlag.

Na, dann wollen wir uns mal Ihr Konto angucken, sagte er. Ich lugte in die Runde, ganz entspannter Kunde ohne die geringsten Geldsorgen. Mir war allerdings so, als sei der Abstand zwischen mir und dem Wachposten ein wenig kleiner geworden.

Herr Zeihmogul, Sie haben Ihren Dispositionskredit ausgeschöpft, und wie ich sehe, hat sich auch in den letzten Wochen auf Ihrem Konto nichts getan.

Das ist ja seltsam, sagte ich, dann sind also die sieben Überweisungen noch nicht eingetroffen.

Nicht sieben, nicht fünf, nicht drei, nicht eine einzige, sagte Herr Brunner.

Es gibt Momente der wahren Empfindung, da will man seinem Gegenüber das Schlipsende in ein Nasenloch stecken, den Lauf der Schrotflinte in das andere und ihn auffordern, die holsteinische Landeshymne in breitem Kieler Platt zu trällern und zwar plötzlich. Angesichts der feindlichen Übermacht verwarf ich solche Kühnheiten.

Was machen wir jetzt, sagte ich, wo doch die eine, drei, fünf, sieben Überweisungen auf dem Weg sind.

Das nahm er mir krumm. Ich hätte ihn nicht nachäffen sollen. Das hätte mir, wenn nicht zwei, so doch wenigstens einen Blauen eingebracht.

Ich fürchte, wir machen hier gar nichts, sagte Herr Brunner, Sie prüfen, ob Ihr Geld da ist, und dann können Sie sich in Ihrem Kreditrahmen bewegen. Wenn Sie mich entschuldigen würden.

Wieder draußen, verfasste ich im Geiste einen Lagebericht: Nurcan, bei deren Anblick ich fast der Länge nach hingeschlagen wäre, feierte am Abend ihren Sechsundzwanzigsten. Mein Plan, der Lieblichen einen Strauß Baccara-Rosen zu überreichen, war an Brunner, dem miesen Charakter, gescheitert. Dabei wollte ich jede einzelne Rose zerrupfen und ihr die Blätter vor die Füße streuen.

Ich stieg hoch zum Dreiecksplatz. Auf halber Strecke fiel mir ein gepflegtes Blumenbeet auf. Das waren eindeutig keine Rosen, das sah aus wie Gänseblümchen in groß und rot. Die Gelegenheit war günstig, und die Romantik stand auf dem Spiel.

Was machen Sie da?!!!! Ich wirbelte mit einer Geistesgegenwart, wie sie solche Situationen verlangen, herum und erblickte einen älteren Herrn im Anzug, Typ Bankangestellter.

Och, rein botanisches Interesse, ich bin Biologiestudent, müssen Sie wissen, und unser Prof hat uns in die freie Natur geschickt.

Erzählen Sie doch nichts, ich habe es genau gesehen, Sie wollten Blumen pflücken, das gibt aber von der Polizei eins auf die Finger!

Ich machte, dass ich da wegkam, es hatte alles keinen Sinn. In dieser Stadt wurde man beim Krautklau erwischt und kam dann als Sockendieb in Verruf. Alles Kanaillen, dachte ich bei mir, ruinieren die mir meinen Galaabend, schenke ich Nurcan eben was anderes, einen paillettenbesetzten Rock meinetwegen, ja, das ist gut, Selmas Vater ist doch Schneider, der könnte vielleicht …

Eine Frage der Ehre

Es gab hackfleischgefüllte Paprikaschoten in Rot, Gelb und Grün. Zum Nebenherlöffeln eine Schale eingelegte Birnen. Hakans Mutter hatte sich nicht lumpen lassen, und ich konnte nicht mehr, der Verdauungsdämmer raffte mich fast hin. Der Anstandsrest, das Markenzeichen yuppieesker Vollspacken, verbot sich von selbst. Also schaufelte ich, was der eiserne Wille hergab. Der Plausch zum Nachtisch war etwas holprig, weil der Vater des Hauses mich dauernd ermahnte, ich sollte verdammt nochmal meinen Nacken beim Barbier frei schaben lassen. Außerdem, diese grabschänderschwarzen Hemden könnte ich beim Roten Kreuz abgeben, einen Bausparvertrag abschließen und ein sauberes Türkenmädchen freien. Das war für Hakan das Stichwort zum Aufbruch. Ich empfahl mich, wünschte, Scheitan, die fiese Sau und der von Gott Oberabtrünnige, möge dieses Haus nie betreten und die Speisekammer plündern. Herr Özgür bemerkte trocken, Scheitans fette Beute seien vor allem dünne Hemden mit langen Haaren. Wir machten los, Hakan hielt seinen Schädel in Schräglage, ein Zeichen dafür, dass er über einem kolossalen Problem brütete. Ich ließ ihn grübeln und schaute mich um: Allerlei Vogelarten am Krähen.

Hakan reichte mir ein gelbes Post-it: !Bittere Orangenmarmelade, !Wurst (Cervelat!!), !Schimmelkäse, !Kaffeesahne, !*ZEIT*magazin (das letzte), !Vaseline, !Toast (Vollkorn!!), !WC-Stein (flüssig!!).

»Ist 'ne Einkaufsliste für Deppen«, sagte ich.

Er schaute mich lange an: »Hör mal zu, Alter, ich bin dran mit'm Einkauf, und auf der Scheißliste steht's schwarz auf weiß. Das Ding is': Meine Freundin will ganz konkret Vaseline!«

Fast hätte uns ein Jogger über den Haufen gerannt. In Kiel ist es eine Machtfrage, ob man ihnen ausweicht oder einem brutalen Zusammenprall ins Auge sieht. Die meisten bevorzugen die zweite Variante, sie haben schließlich ihre Prinzipien.

»Also Vaseline«, sagte Hakan, »eigentlich harmlos, so 'ne Art Allzweckmittel für gute glatte Haut und so. Schmieren sich die Ladys auf die Händchen. Aber die Schmiere hat auch 'ne andere Funktion ...« Ihm standen Schweißperlen auf der Oberlippe. »Die Analmacker nehmen das Fettzeug auch ...«

»Ja, gut«, sagte ich, »kann dir doch egal sein.«

»Mann, willst du mich hier vergackeiern oder was? Ich will da nicht an der Kasse stehen, und alle glotzen: die Kassiererin, die Frauen in der Schlange. Und alle denken: Aha! Ein Kanake! Mit Vaseline! Wie steh' ich denn da, Alter, das Gerücht macht die Runde, und am nächsten Tag bin ich im Viertel erledigt!«

»Lass die Spießer denken, was sie wollen«, sagte ich, »mach deinen Einkauf, sei du selbst.«

»Du laberst wie diese Klappkallis vom Workshop«, sagte Hakan, »Alter, es geht um meinen Ruf!«

Das war etwas völlig anderes. Der Ruf war heilig, der Ruf war teuer, den galt es zu verteidigen.

»Is' 'n Dilemma, Alter!«, sagte ich.

»Pfeif ich drauf«, sagte Hakan, »ich muss an Vaseline ran, und ich hab' null Bock auf 'ne Perversennummer. Da dachte ich: Hakan, du hast einen Kumpel, der deinen haarigen Türkenarsch aus der Grütze zieht. Da is' mir richtig warm ums Herz geworden!«

»Was soll'n das heißen?«, fragte ich.

»Du bist 'n echter Freund. Du gehst rein in'n Schlecker, besorgst mir die Schmiere, gehst raus aus 'm Schlecker, null Problemo.«

»Fein«, sagte ich, »und an der Kasse denken alle, den kennen wir doch, das junge Türkentalent aus Film, Funk, Fernsehen und 'm Magazin. Hätten wir nicht gedacht, dass der so rum ist. Tsss, tsss, tsss!«

»Dich kennt doch hier kein Schwein,«, sagte Hakan.

»Darum geht's nicht«, sagte ich, »ich will nicht, dass es heißt, ich mach hier auf Analaktivist. Denk an meinen Ruf!«

Wir legten schweigend eine zweite Runde um den Teich ein. Ich sah den Jogger wieder wie irre auf uns zusprinten. Ich zupfte Hakan am Ärmel. »Ich hab's«, sagte ich, »wir gehen beide rein in'n Laden. Du kaufst Shampoo und Duschgel, ich hol mir 'n Putzlappen und Ohrsticks, und dazwischen schmuggeln wir einfach die blöde Salbe. Fällt kaum auf.«

»Echt toll«, sagte Hakan, »hoppla, wen haben wir denn da? Das schwule Trümmerduo deckt sich ein für die nächtliche Sexorgie. Mit der Vaseline dabei, denken die doch, wir würden uns einseifen und dann mit 'n Stäbchen in'n Körperlöchern rumpopeln.«

»Ja, klei mi doch am Moors!«, sagte ich (Übersetzt für unsere bayerischen Mitbürger: L.m.a.A!)

Die Joggerdichte hatte zugenommen, um die Zeit schwärmten sie zu Dutzenden aus. Wir schlenderten weiter. Irgendwann standen wir vor Schlecker.

»Also, Alter«, sagte Hakan, »du oder ich. Die Münze entscheidet: Kopf oder Zahl?«

»Kopf«, sagte ich, »aber mogeln gilt nicht!«

»Mann, hältst du mich für 'n Schummelsepp?! Ich bin 'n Ehrenmann!«

Er kramte ein Geldstück aus der Hose, schnippte es hoch. Es pingte aufs Pflaster, und wir beugten unsere Köpfe über die Münze.

Riesen-Krakauer

Ob ich ihr Herzblatt war oder nicht, ob sie auf Zweicentimeter-Kinnbärte stand oder viel lieber in 'ne Glanzparkettwange kniff; ob sie sich nur was aus arischer Spitzenzucht machte oder mal dann doch zum zwei Köpfe kleineren Moguffen runtergriff: Diese Fragen knallten mir im Kopf vor zwei Tagen und zwölfeinviertel Stunden an der Grabbelkiste vor Kloppenburg im Nieselregen. Ich lugte die 4.99-Schwarten durch, hübsch dick alles und fast Neuerscheinung, 'nen ordentlichen Stapel hatte ich mir zurechtgeschichtet, gut Futter für meine halbe Affenbildung. Der Kassenwart äugte schon spitz, ich seh wohl aus wie 'n gehöriger Vertrauensbruch, dabei klau' ich nur Plastiklöffel aus'm Schlemmereisfach. Ich weiß noch, wie 'n Überlandlaster um die Ecke bog und den Verkehr lahm legte. Und plötzlich stand sie neben mir, SIE, deren Namen ich nicht auszusprechen wage, weil ich ihn nicht kenne, SIE, die aus dem Nix kam, die verbraucherfreundlichen Angebote durchzusehen. Also sie. Ich glotzte wie 'n Wasserbüffel inner Badewanne.

Sie roch nach Nivea-Handcreme, Duty free-Face Protector, Antifaltenlotion von Estée Lauder und drei Brisen hochwirksamer Pflanzenextrakte aus'm Nachtkästchen. Und nach Plastik. Das kam von der Ganzkörperjurte, in der sie steckte, etwas gewagt zwar, aber egal, mit der Wichtelkappe auf ihrem Kopf kombiniert gab das echt was her.

Holla, die Waldfee! Anner Hundeleine wand sich so 'ne Art Atomratte, die mir auf Anhieb auf'n Keks ging.

– Also, das ist ja 'n hübsches Ding, das da, sagte ich.

– Das da ist ein Hund und kein Ding, sagte sie.

Sie hatte nicht mal aufgeschaut, und ich wollte den scheiß Pinscher durch die Gegend kicken oder, viel besser, ihn inne Duschhaube stecken, zuschnüren und mit'm Fleischpaket zünftiges Köterstoßen veranstalten.

– Nun ja, es is'n Hund, klar, leuchtet mir ein ..., sagte ich.

– Du hast echt ein Problem!, sagte sie und ging weg, die Atomratte hinterher. Der Tag war gelaufen, ich ließ den Stapel stehen, was den Kloppi-Spürzinken veranlasste, rauszuhetzen und mir nachzustieren, als hätte ich 'n Buch unter die Joppe gesteckt. Ich machte, dass ich nach Hause kam.

Hier dann die übliche Verrichtung anner Spüle, und als ich die Tschibo-Andy Warhol-Tasse am Einseifen war, fiel der Henkel ab, was schon ein Beinbruch ist, wenn man bedenkt, dass irgendwelche Bürgeraffen keifen, wenn ihre banale Lieblingstasse 'n Riss ins Porzellan kriegt. Ich aber als erklärter Subversiver darf von Rechts wegen nicht annen Weltengütern hängen, kann schon sein, das war aber 'n Lieblingsgeschirr und also hab' ich die Resttasse brüllend gegen die Wand gepfeffert. Die Scherben blieben erst mal auf'm hellhäutigen Teppichboden liegen, das war ich meinem inneren Tier schuldig. So toll ist das Bügeln nun auch wieder nicht, nach'm zweiten Hemd zog ich den Stecker raus und ließ das Eisen pflichtgemäß kühlen. Nach zehn Minuten untätigem Gaffen auf Teppichfransen entschied ich mich für'n kleinen Ausflug zur »Gaststätte Ginseng«, einer elendigen Siffpinte ohne jede Daseinsberechtigung. Ich gehöre nun mal nicht zu den Fuzzis, die von Kultcharakter labern, wenn der Wirt die Kaschemmendecke mit Kakerlakengirlanden behängt oder gelb angelaufene Riesen-Krakauer auf seiner Speisekarte führt. Das Ginseng ist eigentlich 'ne Imbissstube mit 'ner kleinen Suffecke für die paar Malocher, die sich erst am frühen Abend einstellen, fünf Klare hintereinander wegkippen, Ex oder Memme, um dann wie die Lämmer Gottes ihre Zeit abzusitzen.

Ich trat ein und wünschte dem Haus Allahs Segen. Gazi, der neue Besitzer, hatte dazu nicht viel zu sagen, er nickte stumm, und ich gab meine Bestellung auf: Krakauer mit Pommes und 'n Bier, mehr nicht. Am Spielautomaten lümmelte Selman, den wir auch »kel öcü« nennen, das heißt so viel wie der kahle Unhold, er hält das für'n besonders blöden Einfall, es ist ja nicht so, dass ihm die Haare ausfielen, er mag eben kein Pelz auf der Schwarte, deshalb rasiert er sich die Rübe auf Glanz und Glatze.

– Na, Alter, was geht?, sagte ich

– Ach, sieh mal einer guck, da kommt ja der Tintenpisser. Mimste jetzt den harten Proletti, oder was?

– Schnauze. Hast wohl dein ganzes Taschengeld verfüttert, du Versager.

– Mach dich mal geschmeidig, Alter, ich bin hier konkret 'n Experte im Automatenfach. Zieh' du man erst den Schnuller aus'm Arsch …

Nach dieser herzlichen Begrüßung standen wir schweigend herum, Selman drückte auf irgendwelche Knöpfe, ich tat so, als wüsste ich Bescheid, und heiligte seine Handgriffe. Ich hörte Gazi gotteslästerlich fluchen, er hatte sich in die Sportseiten des Hürriyet vertieft und die Wurst völlig vergessen, also startete er einen zweiten Versuch und schmiss 'n rosigen Krakauer wütend ins Grillbecken, dass das Öl nur so spritzte.

– Ich glaub, ich hab mich verknallt, sagte ich.

– Is' nicht wahr.

– Doch, is' wahr. Ich kenn' aber weder ihren Namen, noch weiß ich, wo sie wohnt oder welche Hobbys sie hat. Wir haben 'n paar Takte gesprochen, war aber nicht unbedingt 'n Dialog.

– Gib 'ne Anzeige auf, sagte Selman und steckte 'n Heiermann innen Schlitz, »Anschmiegsamer Exot sucht süße Brüste in Spitze und Seide, bevorzugt charismatische Domina für den devoten Herrn«.

– Hier sind Gefühle im Spiel, du Pfeife, ich ...

– Die scheiß Wurst is' fertig, brüllte Gazi. Ich schlurfte zum Tresen und holte meinen Pappteller ab. Den ersten Bissen bekam ich würgend runter, doch dann legte sich das Entsetzen. N' Malocher mit'm glänzenden Latz beäugte missmutig die Buletten in der Plastikschüssel, und als er sich vorn überbeugte, um hinter das Geheimnis des Fleischlichen zu kommen, knallte er derbe mit der Stirn gegen das Glas der Auslage. Das hatte bestimmt wehgetan. Mein Rat in solchen Fällen ist, dass man erst mal mit'm Zeigefinger 'ne prophylaktische Standortbestimmung vornimmt, das ist schmerzfreier, und man kann dann immer noch die Nase am Glas plattdrücken. Ich hielt es aber für klüger, die Empfehlung nicht laut anzusagen, ich nahm mein Bier in Empfang und trottete zurück zum Automaten. Das Display zeigte knapp zwanzig Freispiele an.

– Glaubst du, ich hab 'ne Schongse bei der Lady, fragte ich.

– Nö, sagte Selman, kannst abhaken, Alter.

– Wahrscheinlich hat sie 'n Freund, sagte ich, bestimmt 'n braver Kacker, mit dem geht sie Backofenpizza essen, und gevögelt wird einmal inner Woche.

– Wahrscheinlich sieht ihr Freund besser aus als du, sagte Selman.

– Bald is' Weihnachten, sagte ich, die sitzen dann turtelnd unter der Tanne und packen die Geschenke aus. Sie schenkt ihm Kamasutra, weil sie es so richtig frech findet, und er schenkt ihr 'n selbst gebastelten Kalender mit sensiblen Kärtchen aus'm Bahnhofskartenständer.

– Nun halt man hier keine Volksansprachen, sagte Selman, hol mir mal lieber 'n Bier.

Ich holte ihm sein Bier, und wir standen noch 'ne ganze Weile am Automaten und langsam bekam ich Lust auf 'nen zweiten Krakauer.

Um Kopf und Kragen
Galaxy im Gespräch III

Frau Fröbe

Galaxy Frau Ronny Fröbe, Sie bieten so genannte »lucky tomorrow«-Kurse für angeschlagene Männer ab dreißig an. Haben Sie Schwierigkeiten damit, wenn man Sie eine geschäftstüchtige Frau nennt, die aus der midlife crisis des starken Geschlechts Kapital schlägt?

Frau Fröbe Soviel ich weiß, stellt sich die seelische Schieflage bei Männern erst ab vierzig oder fünfundvierzig ein. Ich biete Atmosphäre und Gedankenräume an, in denen die Menschlein die Zeit finden, ihre innere Destille in Gang zu bringen.

Galaxy Was heißt das bitteschön im Klartext?

Frau Fröbe Ich bin, wenn Sie so wollen, eine Benimm-Beraterin. Der Kursteilnehmer muss sich mit der Tatsache anfreunden, dass der röhrende Rülpser oder die knatternde Blähung männliche Fehlleistungen sind. Ich hatte einen Fall, da ging es um einen Austauschstudenten, der der Unsitte anhing, nach der Mahlzeit einen Flatus fahren zu lassen. Er hatte sein Studium der Kunstgeschichte in Finnland absolviert. Er sagte, bei den Finnen sei der Darmwind, mit Verlaub, eine anerkennende Geste für die Kochkünste des Gastgebers. Aber ich konnte ihn davon heilen.

Galaxy Heute hat doch fast jeder seinen Knigge im Regal stehen. Man muss ja nicht gleich einen Kurs belegen, um die Regeln des Anstands und des guten Benehmens zu erlernen.

Frau Fröbe Es bleibt ja nicht nur bei den Benimmregeln. Die meisten Männer haben eine völlig falsche Vorstellung von der Männlichkeit. Sie möchten brüllend ins offene Bajonett laufen. Sie nagen die Borke von den Bäumen ab oder werfen sich eine Hand voll lebender Ameisen wie Erdnüsse in den Mund. Sie glauben, sie seien dann Survival-Schwarzgurtträger. Andere laufen in Cashmere-Anzügen herum und zupfen sich morgens mit einem Elektrotrimmer die Nasenhaare. Ich räume mit derartigen Komplexen gründlich auf. Denken Sie mal darüber nach.

Galaxy Wie würden Sie vorgehen, wenn Sie Casanova therapieren müssten?

Frau Fröbe Ich würde ihn zum Kursleiter nominieren, das liegt doch wohl auf der Hand oder? Er ist der Prototyp eines Mannes, der keinen Hehl aus seiner Wollust gemacht hat. Eine wunderbare Mischung aus Pornorammler und Pirat. Die Frauen haben ihn geliebt …

Galaxy Sie stehen der gleichgeschlechtlichen Liebe ablehnend gegenüber. Von Ihnen stammt der merkwürdige Satz, Schwule seien des Teufels liebste Höllenanwärter.

Frau Fröbe Mann und Frau sind füreinander geschaffen. Denken Sie mal darüber nach.

Galaxy Würden Sie einen bekennenden Homosexuellen in Ihren Kurs aufnehmen?

Frau Fröbe Bestimmt nicht! Ich halte den Analaktivismus unter Männern für pervers. Ich gehe nicht d'accord mit gewissen liberalen Tendenzen des Zeitgeistes.

Galaxy Sie haben aber sehr antiquierte Ansichten über das Geschlechtsleben …

Frau Fröbe Kann sein, ich sage rundheraus, was ich denke. Und die Männer lernen bei mir, dass es sich lohnt, Abneigungen offen auszusprechen. Ich möchte nicht unbescheiden klingen, aber mir kommt das Verdienst zu, ausgesprochenen Softies ihre weibischen Fehltriebe ausgetrieben zu haben.

Galaxy Nach der flambierten Frau das dressierte Weibchen …

Frau Fröbe Was soll das heißen?

Galaxy Sie hören sich an wie das hergerichtete Heimchen, von dem jeder Kegelbruder träumt.

Frau Fröbe Und Sie fühlen sich als Feminist berufen, ein unbedarftes Mäuschen aufzuklären über das fiese Patriarchat. Ich bitte Sie, machen Sie sich nicht lächerlich.

Galaxy Frau Ronny Fröbe, wie bringen Sie den Männern bei, wie ein ganzer Kerl zu lieben hat?

Frau Fröbe Die Itaker-Brummer und Slipstürmer fliegen raus. Ich jage die Betamännchen auf den Feldherrenhügel hinauf. Sie lernen bei mir, dass eine Frau, und ich meine nicht ein hysterisches Flittchen, beschützt, begehrt und zur rechten Zeit bekämpft werden will …

Galaxy Ist das jetzt ein Plädoyer für den Frauenklatscher?

Frau Fröbe Sie werden degoutant! Eine Frau keift und kollert solange, bis der Mann ihr eine Grenze setzt: bis hierher und nicht weiter! Dieses Verhalten ist mit der Würde der Frau durchaus verträglich. Denken Sie mal darüber nach.

Galaxy Aha. Sie wollen uns also keine konkreten Angaben zur besseren Handhabung der Manneswollust machen …

Frau Fröbe Sie haben ja eine sehr gespreizte Ausdrucksweise. Wenn Sie mich fragen, was der Mann an und für sich mit seinen gottgegebenen Gelüsten anfangen soll, dann sage ich Ihnen: Er soll und muss sich seiner maskulinen Situation stellen.

Galaxy Ist das jetzt ein Aufruf zum ungenierten Sackkratzen?

Frau Fröbe Ich würde jetzt sehr gerne über Ihren Witz lachen wollen, aber ich habe ein Herpesbläschen und es tut entsetzlich weh, wenn ich die Mundwinkel verziehe.

Galaxy Unsere geneigte Leserschaft würde sich gerne ein klares Bild von Ihren Erziehungsmaßnahmen machen ...

Frau Fröbe Also, ich hatte einmal einen Handelsvertreter im Kurs, der gefiel sich darin, in seiner Freizeit modische Thai-Sarongs zu tragen. Darunter war er gänzlich nackt ...

Galaxy ... Ein klarer Fall von latenter Homoerotik ...

Frau Fröbe Mitnichten. Es stellte sich heraus, dass er als Kind von seiner Mutter gezwungen worden war, genitalschnürende U-Hosen zu tragen ...

Galaxy U-Hosen?

Frau Fröbe U wie Unterhosen! Dieses Menschlein jedenfalls hat sich für sein späteres Leben vorgenommen, seinen Schritt von so viel Winden wie möglich anwehen zu lassen.

Galaxy Sie verhelfen ihren Schützlingen also zu ihren ganz persönlichen coming outs.

Frau Fröbe Ich sporne sie an. Ich sorge dafür, dass sie aus dem Häuschen geraten. Für diese armen Menschlein sind meine Anfeuerungen die reinste Magie!

Galaxy Das hört sich an wie »Nicht ohne meine weise Ersatzmutti« ...

Frau Fröbe Ihre billige Häme prallt an mir ab. Liebe ist ein rarer Artikel! Ich erinnere mich, wie ein durch die Trennung von seiner Partnerin zutiefst traumatisierter Mann zu mir sagte: »Ich hoffe, dass Sie mir

Rettungsringe zuwerfen, damit ich im Tränenmeer nicht ertrinke.« Ich war sehr gerührt.

Galaxy Es wird gemunkelt, dass Ihre eigentliche Stärke darin besteht, ein Irrenkollektiv aus Psychoseerfahrenen zu Ihren Gunsten zu beeinflussen.

Frau Fröbe Sie sind gern zynisch oder? Ich will Ihnen mal was sagen: Leuten Ihrer Couleur bin ich oft begegnet im Leben. Spätestens dann, wenn Ihnen die Nachtschwester die Schnabeltasse reicht, ist es Schluss mit lustig. Denken Sie mal darüber nach!

Galaxy Jetzt mal im Ernst, Frau Fröbe. Hat sich irgendwann ein Geisteskranker bei Ihnen blicken lassen?

Frau Fröbe Wie meinen Sie das schon wieder?

Galaxy Nun ja, war da mal einer unter Ihren Schützlingen, der einen gewaltigen Hau weg hatte?

Frau Fröbe Ich bin kein bloßer Wohlfühl-Dienstleister, ich muss mich also auch der schweren Fälle annehmen. Sie müssen wissen, die Mundhöhle ist eine Problemzone. Name und Beruf tun nichts zur Sache – der Mann hatte den nervösen Tick, die halbe Hand in den Mund zu stecken und das Rachenzäpfchen anzutippen …

Galaxy Rachenzäpfchen?

Frau Fröbe Na, das Dingsbums eben, das hinter der Zunge vom Rachendach herabhängt.

Galaxy Ich verstehe.

Frau Fröbe Wie dem auch sei, dieser Mann hat natürlich ständig würgen müssen. Das ist nicht schön mit anzusehen. Das Menschlein verlor seinen gut bezahlten Job, seine Freundin und seine Freunde. Man will sich ja nicht mit einem derart seltsamen Kauz abgeben. Teilen Sie meine Meinung?

Galaxy Ich glaube schon.

Frau Fröbe Sehen Sie! Der Mann saß also in seiner Wohnung herum und würgte den ganzen Tag wie eine Eule.

Galaxy Unglaublich. Und Sie konnten ihn gesundtherapieren?

Frau Fröbe Es brauchte schon seine Zeit, bis ich ihn so weit hatte, auf medizinische Zahnstocher umzusteigen. Der Mentholgeschmack gefiel ihm. Vollends gesundet ist er allerdings noch nicht. Er zerkaut die Stocher so lange, bis er sie herunterschlucken kann. Man kann sagen, dass Zahnstocher sein Grundnahrungsmittel bilden.

Galaxy Das kann doch auf Dauer nicht gut gehen. Dieser Mann muss ja an Unterernährung sterben.

Frau Fröbe Sie sagen es. Er ist fast nur noch Haut und Knochen. Manchmal kann ich ihn dazu überreden, von den Zahnstochern abzulassen und eine zünftige Mahlzeit einzunehmen. Danach plagt ihn das schlechte Gewissen, weil er glaubt, es sei nicht rechtens, kein Hungergefühl zu haben.

Galaxy Mein Gott, der Mensch hat wirklich einen ordentlichen Dachschaden.

Frau Fröbe Ich denke, er ist eher fehlgeleitet. Denken Sie mal darüber nach.

Galaxy Frau Fröbe, Sie setzen in der Liebe auf das traditionelle Mustermodell, Sie verdammen homoerotische Partnerschaften als sittliche Verlotterung und last not least: Sie rufen die Männer dazu auf, sich der Masturbation zu enthalten. Rechnen Sie nach Ihrem Tod mit Ihrer Heiligsprechung?

Frau Fröbe Es ist wirklich zum Mäusemorden. Wie kommen Sie nur auf diese abwegige Idee? Beim Anblick von frohsinnig tschilpenden Männern laufen mir tatsächlich heilige Schauder über den Rücken.

Sie dürfen nicht vergessen, dass wir aus dem Paradies vertrieben sind. Da wollen wir wieder hin. Die Liberalen haben sich mit dem Sündenfall abgefunden. Ich dagegen bin ein militanter Befürworter der Rückführung aller Menschlein in die angestammten Himmelsgründe. Denken Sie mal darüber nach!

Herr Klärner

Galaxy Herr Ulf Klärner, Sie sind nicht nur Dauersingle. Sie haben auch keinerlei sexuelle Erfahrungen mit Frauen. 42 Jahre ohne Geschlechtsleben – ich kann mir vorstellen, dass die Frustrationsschwelle bei Ihnen erheblich gesunken ist.

Herr Klärner Das können Sie laut sagen. Ich bin 'ne wandelnde Frustbeule, da gibt's nix zu wollen, das kann man nicht mehr beschönigen, und wenn ich hier sitze und mich vor allen Leuten oute, dann nur, weil ich nix mehr zu verlieren habe.

Galaxy Ich möchte Ihnen natürlich meinen Respekt zollen, dass Sie den Mut gefunden haben, über Ihr Problem zu reden. Die Entscheidung ist Ihnen bestimmt nicht leicht gefallen …

Herr Klärner Ach was. Ich sehe das hier als 'ne Art kostenlose Kontaktanzeige, ich meine, Frauenmörder im Knast kriegen ja auch massenweise Fanpost von Puppen, das ist ja eigentlich unvorstellbar. Vielleicht sagt sich 'ne Puppe, wenn sie von mir liest, »Mein Gott, da ist ja noch ein Junggeselle zu haben, diesem interessanten Mann schicke ich mal einen ganz lieben Liebesbrief …«

Galaxy Ich drücke Ihnen die Daumen. Herr Klärner, was läuft bei Ihnen schief?

Herr Klärner Was soll'n das heißen?

Galaxy Haben Sie eine Erklärung dafür, warum sich bislang keine Frau für Sie erwärmen konnte?

Herr Klärner Hat sich erwärmt, ganz klar. Da war mal was mit 'ner Puppe.

Galaxy Na also, dann doch …

Herr Klärner Nee, gar nix war los. Also, es war eindeutig 'ne Fernbeziehung, sie lebte in München, und ich hockte fest in Gelsenkirchen. Wir haben uns im Zug kennen gelernt, sie war auf'm Weg zu ihrem damaligen Freund, mit dem sie nicht mehr so richtig klarkam. Wir haben Adressen ausgetauscht, sogar richtig schön Kaffee getrunken, das ging auf meine Kappe, und wie ich wieder zurück war, da hab' ich ihr als erstes 'n ellenlangen Brief geschrieben, so über meine Hobbys und was ich mach', wie ich den Tag eben herumkriege und so …

Galaxy Daraus hat sich bestimmt eine langsame Annäherung auf postalischem Wege entwickelt.

Herr Klärner Pustekuchen! Nicht 'ne mickrige Postkarte hab' ich von der gekriegt, ich hatte sogar den Hausmeister 'ne Zeit lang im Verdacht, dass er mir was aus'm Briefkasten klaut. Hat er aber nicht. Ich hab' mich aber durch ihre Funkstille nicht klein kriegen lassen und hab' sie bombardiert mit romantischem Zeugs von Novalis und so. Und plattgedrückte Blumen und Gräser hab' ich da auch mitgeschickt als Zeichen meiner Empfindung. Irgendwann hat sie sich gemeldet und wir haben 'n Date ausgemacht …

Galaxy Das ist ja spannend. Wie ging es weiter?

Herr Klärner Weiß nicht mehr genau, liegt auch ziemlich lange zurück. Ich hab' sie halt bald küssen dürfen und ich dachte, bum, jetzt sind wir 'n Paar, jetzt bin ich endlich unter der Haube.

Galaxy Sie war nicht derselben Meinung?

Herr Klärner Doch doch! Aber, wie soll ich sagen, es ist halt nicht leicht so über die Distanz. Meist war ich bei ihr unten in München und wir haben uns auch gleich geküsst ohne Anpassungsschwierigkeiten, nur auf Zunge stand die Puppe nicht. Sonst lief auch nix, ich meine, ich habe sie nicht 'n einziges Mal nackt gesehen, nicht ein Mal in den acht Monaten, die wir offiziell zusammen waren. Ist doch komisch oder?

Galaxy Allerdings!

Herr Klärner Mir war schon mulmig, kann ich Ihnen sagen. Immer wenn wir uns sahen, hat sie sich mit einem Pilz in der Möse herausgeredet.

Galaxy Ah ja …

Herr Klärner Genau. Sie hat gesagt: »Solange wir nicht in geordneten Verhältnissen leben, haben wir die honeymoon desease«. Ich habe nämlich auch 'n bisschen gekränkelt, hier mal 'ne Grippe, dort mal Magenschmerzen. Das schob ich aber bei mir auf die Fertiggerichte und den Scheiß Pizzaservice, weil, sie wollte ums Verrecken nicht so richtig selber kochen. Tja, irgendwann rief sie an und hat 'n Komagespräch angezettelt und dann hat sie Schluss gemacht.

Galaxy Und Sie haben in diesen acht Monaten nicht ein einziges Mal, äh, wie soll ich sagen, Liebe gemacht?

Herr Klärner Fickstreik war angesagt. Scheiße.

Galaxy Das tut weh.

Herr Klärner Ich pfiff aus dem letzten Loch. Klar, weil ich nicht gern die Schuld auf andere schiebe, bin ich voll in mich gegangen. Ich habe gesagt: »Mensch Ulf, was ist los mit dir, wieso hast du es verbockt? Die Puppe war o. k., die stand auch irgendwie auf dich, aber außer Knutschen und Löffelchen liegen war da nix zu wollen.« Ich wollte der Sache eben auf'n Grund gehen, wissen Sie. Die Geschichten mit dem Dackel hat ihr wahrscheinlich gestunken …

Galaxy Was ist das bitteschön für eine Dackelgeschichte?

Herr Klärner Ich hatte damals 'n Dackel, Gott hab' ihn selig, Kubilai hieß der. Weihnachten wollten wir mal zusammen verbringen, so schön ohne Stress und so. Es tauchten da schon die ersten Probleme auf, von wegen unsere Beziehung steht auf dem Prüfstand und so. Na ja, ich also runter mit Kubilai. Um es kurz zu machen: Der Dackel hat halt den Kunstschnee von der Zwergtanne gefressen und 'nen ordentlichen Schwall auf den neuen Teppichboden gekotzt.

Galaxy Natürlich hat sich Ihre Freundin darüber aufgeregt.

Herr Klärner Sie hat den Dackel getreten. Dann hat sie mich mit Arschtritten eingedeckt, bis mir die Hand ausgerutscht ist; ich hab' ihr nur 'ne leichte Kopfnuss verpasst, damit sie mal wieder runterkommt von der Hysterie.

Galaxy Mittlerweile ist Ihr Dackel tot und Sie sind immer noch solo. Woran mag das wohl liegen?

Herr Klärner Ich hab' da so meine Theorien. Lange Kerls sind eben aus der Mode gekommen. Wenn Sie auf 'ner Party aufragen wie 'ne Sauerländer Fichte, sehen Sie echt alt aus. Früher wollte die Puppe hoch schauen zu ihrem Herzbuben, heute maulen die Puppen rum, wenn sie viel Geld für extra hohe Einlegesohlen ausgeben müssen, damit in der Größe Gleichstand herrscht. Ich hab' mir ja schon 'n Buckel gekrümmt, weil ich den Rücken beim Stehen durchdrücke. Aber es hilft alles nix, wenn 'n kleinwüchsiger Exot den Raum betritt, bin ich sofort abgemeldet. Ich meine, es ist auch für 'ne Puppe nicht schön, 'n Freund zu haben, der diagonal auf der Matratze liegen muss, um einigermaßen im Bett unterzukommen.

Galaxy Sie meinen also, Ihre äußere Erscheinungsform wird dem Zeitgeist nicht gerecht?

Herr Klärner Die Überlänge ist 'n echtes Handicap, das ist klar. Dann darf man auch nicht aus'm Maul und aus den Achseln stinken. Ich halte mich an die Hygienevorschriften, obwohl es bei mir mit dem Gebissschrubben 'n bisschen hapert. Meine Wäsche ist gut in Schuss, ich nehme mir ein Mal im Monat Zeit für das Waschcenter. Da halte ich mich überhaupt aus Prinzip auf, weil, man kann ja nie wissen, wegen der alleinerziehenden Mütter, die noch keine dreißig sind. Da gibt's neben den üblichen Schabracken ja auch 'ne Puppe, die noch nicht das Verfallsdatum überschritten hat. Also, ich habe viel rumgelungert auf Kontakthöfen, aber gebracht hat's im Endeffekt nix.

Galaxy Sie meinen, Sie haben die Dienste von Prostituierten in Anspruch genommen?

Herr Klärner Nee, also mit Nutten habe ich auch gepennt, das stimmt, aber mit Kontakthöfen meine ich Kontaktbörsen und so. Beispiel Gemüseabteilung im Supermarkt, da schwirren die Pupen nur so rum. Um nicht als Triebtäter aufzufallen, habe ich auch Tomaten und Auberginen und so abgewogen und mitgenommen. Sie können ja nicht ewig und 'n Tag zwischen Obst und Gemüse stehen und auf die Puppen starren. Das fällt auf, und dann holen sie dich mit Blaulicht ab.

Galaxy Verstehe.

Herr Klärner So über die Schiene kenne ich mich jetzt aus mit Reformhäusern, Stehbäckereien und Weinhandlungen. Ich kann mich aber schlecht von der Scham separieren, ich bring's einfach nicht fertig, 'ne Puppe, die mir gefällt, anzuquatschen, von wegen: »Wollen wir das Sahnetörtchen, das Sie da soeben gekauft haben, bei mir verzehren? Und übrigens, ich heiße Ulf.«

Galaxy Waren sie auch als Kind sehr schamhaft?

Herr Klärner Wollen Sie mir den Arsch ausleuchten?

Galaxy Na!

Herr Klärner Ist mir rausgerutscht, tschuldigung, Aber ich hatte 'ne prima Kindheit, meine Mutter hat sich auch nicht lumpen lassen und hat mich unter die Dusche mitgenommen, um mich über Schwanz und Möse aufzuklären. Ich wuchs schon ziemlich normal auf. Meine Mutter hat mir mal gesagt, es würde mit'n Puppen nicht hinhauen, weil ich ein Gote der Liebe bin.

Galaxy Wieso Gote?

Herr Klärner Zu zackig und zappelig. Sie sagt, ich bin 'ne Hibbeldohle, ich soll nicht so schnell zur Sache kommen. Und ich soll nach außen signalisieren, dass ich 'n harter Kerl bin und so.

Galaxy Sind Sie das, ein harter Kerl?

Herr Klärner Ich meine schon! 'Ne Zeit lang habe ich gedacht, 'n Zimmermann ist das Höchste, und bin irgendwann als Wandergeselle durchs Land gezogen. Die Tippelei war recht anstrengend, aber zwischendurch hat man sich inner Gaststätte getroffen zum Zechen und Saurauslassen. Da gibt's 'nen Brauch, nix für schwache Nerven, das nennt man Nageln. Man legt sein Ohrläppchen auf'n Tresen und 'n anderer Geselle haut dir mit 'nem Hammer 'n Nagel rein.

Galaxy Das ist ja geradezu barbarisch!

Herr Klärner Halb so wild. Ich habe mich drei, viermal nageln lassen, ohne mit der Wimper zu zucken. Die Jungs hatten voll Respekt vor mir. Ich blutete wie Sau aus dem Ohr, habe aber weitergezecht.

Das macht schon Eindruck. Die Mutti, das ist die Frau, der die Gaststätte gehört, hat gesagt: »Mensch Ulf, du bist hart im Nehmen!«

Galaxy Und diese »Mutti« hatte aber kein Interessen an Ihnen?

Herr Klärner Wollen Sie mich verarschen? Sie geht stramm auf die sechzig zu.

Galaxy Ach so, ja, Herr Ulf Klärner, haben Sie schon mal daran gedacht, Ihren Typ zu ändern?

Herr Klärner Hab' ich gemacht, klar. 'Ne Bekannte von mir arbeitet in einem Nagelstudio und hat natürlich Ahnung von, was die Puppen scharf macht und so. Sie hat mich beraten, ist sogar mit mir in die Klamottenläden mitgegangen und hat die flotte Garderobe ausgesucht. Das volle Programm. Ich sah aus wie aus'm Ei gepellt. Na ja, dann hing ich wieder in Kontakthöfen herum, völlig vergeblich. Ich bin eben 'n ferner Schwärmer oder, wie Holger, mein bester Kumpel, sagt, 'n externer Schleifer.

Galaxy Sind sie ein romantischer Mensch?

Herr Klärner Aber wie. Ich bin von Natur aus so gerührt, ich weine sogar bei der Merciwerbung. Da fällt mir noch was ein: Ich habe mich 'ne Zeit lang jeden Tag mit einem Selbstbräuner eingecremt, weil von wegen Latinolock und romantischer Lover und so. Aber ich bekam davon 'ne Hautallergie. Mein Gesicht war mit knallroten Flecken übersät, die Leute haben mich für'n Norweger gehalten. Es hängt mir zum Halse heraus, ich komme mir schon vor wie 'n Neger im Frack. Also das meine ich jetzt bildlich gesprochen, ich möchte unsere schwarzen Mitbürger nicht diskriminalisieren.

Galaxy Wie würden Sie sich einer blinden Frau beschreiben?

Herr Klärner Gute Frage, lassen Sie mich mal nachdenken. Also gut: Ich bin ein Liebeshase auf zwei Beinen mit beginnender Stirnglatze, über eins achtzig, na ja, fast zwei Meter groß. Blaue Augen, Vollbart und ach ja, Lippentatoos an den Oberschenkeln …

Galaxy Lippentatoos?

Herr Klärner Ja klar, ich habe mir einen männlichen Mund links und einen weiblichen rechts tätowieren lassen. Wenn sich die Oberschenkel berühren gibt das einen Kuss. Ich denke, allein schon, um so'n Schauspiel vorgeführt zu bekommen, müsste mich 'ne Frau angeln. Hat nicht jeder Mann, oder?

Frau von der Lohe

Galaxy Frau von der Lohe, sind Sie eine Prostituierte?

Frau von der Lohe Ich präferiere die Bezeichnung »Risky hostess«. Der Mann, der mich bucht, geht ein hohes Risiko ein. Er entrichtet die Vermittlungsmarge an meine Agentur, unterzieht sich per Telefon einer sanften Befragung, und ich entscheide nach einem langen Telefongespräch, ob er der richtige Mann für ein tête à tête ist. Es ist auch nicht gesagt, dass ich mit ihm ins Bett gehe.

Galaxy Wieso sollte sich ein Mann Ihnen derart ausliefern?

Frau von der Lohe Weil er für 100 DM alle Schlitze einer Bunkernutte in Anspruch nehmen kann. Er kann sich für 1000 DM ein Callgirl kommen lasen. Die Männer, mit denen ich es zu tun habe, sind aber sehr anspruchsvoll und wollen von einer Escort-Hostess auserwählt werden. Der Unterschied zwischen einem Aldi-Wein und einer Flasche Château Lafite-Rothschild liegt doch auf der Hand.

Galaxy Auf dem Logo Ihrer Agentur krönen die Initialien S und C ein V-förmiges Gebilde. Wofür steht das V?

Frau von der Lohe Ganz einfach V wie Vagina. Meine Agentur heißt Select Club Vagina.

Galaxy Ach so. Das heißt dann aber auch, dass Sie auf eine gewisse Exklusivität Wert legen …

Frau von der Lohe Ich bin nicht jedermanns käufliche Freundin. Ich will keine einsamen Herzen wärmen. Ich verbitte mir Geschichten über das traute Heim, den Sexstreik der Ehefrau oder den mobbenden Abteilungsleiter. Wer sich aussprechen will, ist bei mir an der falschen Adresse.

Galaxy Wie viel müsste ich auf den Tisch legen, um Ihrer Gunst sicher zu sein?

Frau von der Lohe Das ist eine vulgäre Frage. Für vulgäre Männer habe ich nicht viel übrig.

Galaxy Ich wollte Ihnen nicht zu nahe treten …

Frau von der Lohe Das können Sie gar nicht.

Galaxy Andersrum gefragt: Wer entspräche nicht Ihren Auswahlkriterien?

Frau von der Lohe Mohren bleiben außen vor. Mit dem Ostblock habe ich nichts zu schaffen. Tabu sind Spinner und Proleten, Tittentaster und Grabscher, Ossis, Gastarbeiter. Ich habe nichts gegen diese Leute. Meine Kundschaft pflegt nur keinen Umgang mit diesen Risikogruppen.

Galaxy Sei verkehren also in den höheren Kreisen …

Frau von der Lohe Die höheren Kreise kommen zu mir. Es sind vermögende Männer, sie besetzen Spitzenpositionen und gehören mindestens dem gehobenem Mittelstand an. Geld spielt für sie keine Rolle, sie sind relativ reich und haben keine Schmerzen mehr.

Galaxy Ihre Kunden suchen nicht die große Liebe, sie wollen nicht den schäbigen Quickfick. Welche Dienste können sie in Anspruch nehmen?

Frau von der Lohe Ich biete Sex an: zarten Sex, brutaltsmöglichen Sex, Sex al dente, großbürgerlichen Sex, schmutzigen Sex, Sex in hellen und dunkeln Variationen …

Galaxy Was ist Sex al dente, bitteschön?

Frau von der Lohe Ein Blowjob.

Galaxy Verstehe. Ist es schon einmal vorgekommen, dass sich ein Mann, den Sie »auserwählt« haben, später als ein unappetitlicher Kandidat herausgestellt hat?

Frau von der Lohe Ein älterer Manager hat im Eifer der Vereinigung seine dritten Zähne ausgespien. Ein spuckiges Gebiss auf einem Damastlaken ist kein schöner Anblick. Ein Neureicher dirigierte mich auf die Bettkante, stellte sich davor und drückte mein Gesicht an seinen Schritt. Ich hatte kaum sein Penthouse betreten, da spielte er sich schon als Latinolover auf. Das ging mir einfach zu schnell, auch wenn mich ein Schuss unbeherrschtes Blut schon aufreizt.

Galaxy Das sind aber eher harmlose Geschichten …

Frau von der Lohe Soll ich mich vor Ihnen ausziehen?

Galaxy Sie haben Literaturwissenschaft studiert.

Frau von der Lohe Vertane Zeit. Die Studenten sind bemitleidenswert. Sie halten sich für besonders originell, haben keine Phantasie, weder im Bett noch in der restlichen Zeit. Ich wollte meine Zeit nicht mit grauen Mäusen verplempern. Die Professoren schauten mir auf die Airbags. Der Lehrstoff war öde, also beschloss ich, mein Glück anderswo zu versuchen.

Galaxy Und wechselten zum ältesten Gewerbe …

Frau von der Lohe Sie müssten sich mal reden hören! Sie klingen sehr altmodisch … ich habe tatsächlich sehr schnell zu meinem jetzigen Job gefunden. Ich war ja schon sehr früh ein aufgeklärtes Mädchen. Man musste mir nicht erst beibringen, wie der Hase läuft.

Galaxy Sie sind zweiundzwanzig …

Frau von der Lohe … und mit dreizehn verlor ich mein Jungfernhäutchen. Das passierte auf der Herrentoilette einer McDonalds-Filiale. Mein damaliger Freund nahm mich bei der Hand, wir gingen an zwei Männern an Urinbecken vorbei und schlossen uns in eine Kabine ein. Ich fand es verboten und hatte viel Spaß daran, mir auszumalen, um wie viel herrlicher der zukünftige Sex sein würde, verglichen mit dem Gefummel in der Klopinte. Mein Freund war ein Frühfluter, aber ich habe instinktiv gewusst, dass man die Männer nie auf ihre Funktionsstörungen ansprechen darf.

Galaxy Sie haben kein hohes Bild von den Männern.

Frau von der Lohe Dutzende von nackten Penissen fügen sich zu einer eintönigen Collage zusammen. Ansonsten mag ich Männer, vor allem in angezogenem Zustand. Ich verdiene sehr gut an ihnen.

Galaxy In welcher Steuerklasse sind Sie?

Frau von der Lohe Erkundigen Sie sich bei meiner Agentur.

Galaxy Haben Sie einen Freund?

Frau von der Lohe Nein. Das würde sich schlecht mit meiner Arbeit vertragen.

Galaxy Einen Ehemann?

Frau von der Lohe Ich bitte Sie! Um Ihrer Frage zuvorzukommen: Nein, ich träume nicht von einer muskulösen Schulter, an der ich mich ausweinen kann, weil die Welt so fies zu mir ist. Wenn mich komische Gefühle überkommen, lasse ich mir von einer befreundeten Agentur einen Callboy rufen.

Galaxy Wie bitte?

Frau von der Lohe Geben und Nehmen, Herr Journalist, das müssten Sie doch am besten wissen. Zwei Professionelle können sich wirklich einen sehr schönen Abend machen. Beide Seiten profitieren von der käuflichen Lust.

Galaxy Wurden Ihre Dienste auch von einem Berufskollegen in Anspruch genommen?

Frau von der Lohe Natürlich. Wir kennen die Tarife und die Techniken, wir wissen den Höhepunkt unserer Geschlechtspartner hinauszuzögern. Einem Miethengst kann ich mich anvertrauen. Wenn er das Bedürfnis verspürt, kann er es sich von mir besorgen lassen.

Galaxy Sie sind adelig ...

Frau von der Lohe Den Titel der Freifrau habe ich von dem schönen Konsul Weyer gekauft.

Galaxy Ach ja?

Frau von der Lohe Ja. Mir war danach. Er hat mir Sonderkonditionen eingeräumt, das Design meines Adelswappens bekam ich sozusagen gratis. Jeder ist doch damit beschäftigt, sein pures Plaisirchen hinzumachen. Ob ich teure Bernsteinohrclips an den Läppchen trage oder auf shampoonierter Veloursauslegeware herumlaufe: Ich bestimme, wie sich meine Originalität ausnimmt.

Galaxy Abgesehen von Ihrem ansprechenden Äußeren und ihrem Adelstitel – was ist an Ihnen originell?

Frau von der Lohe Ich bin beschnitten.

Galaxy Sie sind was?

Frau von der Lohe Nun, tun Sie nicht so verwundert, es ist auch halb so wild, wie es sich anhört. Ich habe mir die Vorhaut meiner Klitoris operativ entfernen lassen.

Galaxy Das ist doch Genitalverstümmelung!

Frau von der Lohe Falsch! Die gänzliche Entfernung des Kitzlers käme einer Verstümmelung gleich. Die Abnahme der Hautfalte dagegen dient der Luststeigerung. Auch wir Frauen kriegen einen Steifen, Herr Journalist. Der Kitzler wird mit Blut voll gepumpt, und wenn er frei liegt, braucht man den täppischen Männern nicht erst lange zu erklären, wo die Kiki an der Mumu liegt. Sie sehen sie auf den ersten Blick.

Galaxy Wann gehen Sie in Rente?

Frau von der Lohe Mit Orangenhaut, Krähenfüßen und abgelebtem Unterleib nehme ich mich nicht vorteilhaft aus. Das blüht mir spätestens mit dreißig. Spätestens dann habe ich mein Kapitel – meine sexyness – aufgebraucht. Eine Umschulung zur Puffmutter mache ich nicht mit. Auf keinen Fall möchte ich mich über tausend Ficks zur höheren Klasse promoviert haben.

Lifestyle

Kleine coole Geschäfte

Turans Restpostenlager im vierten Stock nimmt sich aus wie die Wohnung eines Sammelwütigen, der nicht einmal Postwurfsendungen wegschmeißen kann. Man könnte auf den Balkon treten und den Blick auf die Prenzlauer Allee schweifen lassen. Doch Turan hat eine Ladung Fußbalsamtuben reinbekommen und in Hanfsäcken verstaut. Nebst einigen Umzugskartons mit geblümten Plastikhaarhauben sind sie auf die beiden Balkone verteilt. In der Wohnung ist jede bürgerliche Wohnästhetik verschwendet, die einzig freie Fläche bildet der Abort, und ansonsten Körbe und Plastiktüten voller Tand und Tinnef für den einfachen und einmaligen Gebrauch: Spannlaken mit kleinen Schönheitsfehlern, Eurowährungsrechner, Duftbäumchen, Haushaltsfibeln, Topfreiniger, polnische Anspitzer und der Renner der Saison: Holztulpen.

Ihre Beschaffung war ein Kinderspiel. Turan hat seine Jungs bzw. Mitarbeiter übers Handy aktiviert. Sie hatten den Auftrag, in die »Pfennigshop«-Filialen in Wedding, Potsdam und im Prenzlauer Berg zu stürmen und um Mengenrabatt zu feilschen. Die Aktion war erfolgreich, der Einkaufspreis liegt nun unter einundneunzig Pfennigen. »Das rentiert sich«, sagt Turan, »Ich habe bisher dreißig Holztulpen, das Stück für'n Heiermann, verkauft. Im »Pfennigshop« kauft der Ossi ein, der Wessi liebt den nostalgischen Trödelmarkt. Besonders die Studentinnen stehen auf solchen Einrichtungsschnickschnack. Meine Gewinnspanne beträgt genau 123 Mark. Davon gehen zwei Mal 25 an die Jungs, ich komme also netto auf 73 Mäuse!« Für den Generalmarsch in den groß angelegten street corner business will er die Flanken aufrollen. Was so viel heißt, wie noch mehr Läufer und Springer aus dem Viertel rekrutieren. Und, wie es sich für einen Rezessionsritter der billigen Wegwerfgegenstände gehört, ein größeres und mobiles Investitionskapital erwirtschaften. Der Handel auf den Flohmärkten gestaltet sich allerdings zäh, für Standgebühr, Kaffee zum Durchhalten und ein paar Pappteller Pommes geht schon mal ein Hundertmarkschein drauf. Das kann er sich auf Dauer nicht leisten, zumal er selbst hinter dem Tapeziertisch stehen muss. Er will das fehlende Glied zwischen Großanbieter und kleinem Trödelhändler bilden. Im knallharten Front-Slang der Kanakviertel erläutert Turan, dass solche »Gaudiebe« wie er das künftige Berlin prägen werden. Nicht die krawattierten Moorleichen aus Bonn. Er sei Mini-Spekulant, und dazu stünde er auch. Mit seinem nächsten Coup will er die Batterie der Konkurrenten zum Schweigen bringen. Von einem Ossi-Asphaltschlucker hat er einen größeren Posten an Kärtchen mit Comic-Ansteckern bezogen, Bart Simpson, Tweety, der Tasmanische Teufel, alles was das Herz erfreut. Ein Kollege, der sonst mit Fake-Parfüms handelt, will in die Branche der Gehörlosen einsteigen, die in die Kneipen ausschwärmen und stolze vier Mark pro Figur kassieren. Es wird Turan einen Gewinn von zweihundert Mark bescheren. Wenn mit Allahs Segen alles gut läuft. Er wird sich nächste Woche mit seinem Geschäftspartner zu einem ersten sondierenden Gespräch treffen. Der »Butzenscheibenmarkt« sei groß, und eine Menge von Amateurartisten tummelten sich auf dem Feld der kleinen Geschäfte.

»Mein härtester Konkurrent ist eine Stümperfratze«, sagte Turan, »er prahlt wie eine Lore Affen, dabei kann er nicht mal Kopfrechnen, der Piesepampel. Gut, vor'n paar Wochen hat er mit Topfhauben und Spülbürsten abgesahnt. Alles klar, danach war Funkstille. Jetzt hat er das Gerücht in die Welt gesetzt, ich hätte Liquiditätsprobleme und wäre nicht vertrauenswürdig. Ich werde ihn mir bei Gelegenheit beim Kanthaken nehmen!«

Zwei Seelen wohnen in Turans Brust: Er muss auf den Pfennig schauen, aber nach draußen den smarten Aufsteiger mimen. Der Nachwuchs formiert sich schnell und kommt auf dumme Gedanken. Wenn man nachlässt in seiner Konzentration und die reiche Produktpalette der Stadt nicht jeden Tag auf Sonderposten beschaut, macht ein anderer Newcomer seinen Reibach. Deshalb schwingt er sich jeden Morgen auf den Sattel seines Mountainbikes und fährt die Straßen Berlins ab. Entdeckt er ein Schnäppchen, dirigiert er seine Jungs per Handy in den Discountladen. Er möchte lieber hinter den Kulissen agieren, er habe nun einmal kein gewinnendes Äußeres. Die Leute würden bei seinem südländischen Aussehen eher Alarm schlagen als mit ihm über eine Grabbelkiste mit Geometrie-Sets handelseinig werden. Für seine beiden Mitarbeiter ist die allmorgendliche Nassrasur Pflicht, der street smartness schlage vor allem bei Kassiererinnen an.

Auch in der Liebe wartet er auf den großen Durchbruch, auf die hübsche Braut, die es mit seinem asymmetrischen Leben aufnehmen kann, die ein Auge zudrückt, wenn der Mann mal die Schütte runterrutscht. Eine längerer Pechsträhne vergraule aber die meisten Frauen, er werde an sich arbeiten und ein bisschen mehr Ordnung in seine Verhältnisse bringen. Bis es so weit ist, muss er sich eben vorsehen, dass er nicht am Anfang der Nahrungskette steht.

»Das einfache Volk liebt billige Gerätschaften«, sagt Turan, »schau mich an, ich weiß, wovon ich rede! Bald kriege ich venezianische Nippesgondeln rein, meine Leute fahren darauf ab. Meine Mutter hat auch eine Gondel auf ihrer Nachtkommode stehen. Ich bin ein Wundertäter, ich mache die Menschen glücklich.«

Rubin und Gold

Ali »Juwelenherz« Bülbül, Meister der Bagatelldelikte, fleißiger Freitagsgebet-Moscheegänger und Liebhaber arabesker Unterschichtsschnulzen hat sich für das Treffen in schicke Schale geworfen: rehbrauner Anzug, eisblaues Rüschenhemd, hochhackige Flamenco-Schuhe. In eine Kneipe wie die »Ankerklause« am Paul-Linck-Ufer verirren sich selten Kiez-Kreuzberger seines Schlages. An einem sonnigen Feiertag jedoch treibt es Ali aus seinem angestammten Milieu hinaus, außerdem gilt es in anderen Gegenden zu fischen und neue Kunden aufzutun. Seine Nebenerwerbsquelle bilden kleine feine Liebespoeme auf Bestellung, Verse für den romantischen Gebrauch, Frauenanbetung, verdichtet und kondensiert in nicht länger als vier Zeilen. Ein Gedicht kostet bei ihm fünfzig Mark, in seltenen Fällen lässt er sich erweichen und in Naturalien wie eine Stange Zigaretten oder fünf Frühlingsrollen beim Billig-Chinesen bezahlen. Nachdem Ali den Kellner mit dem Spruch »Was kuckst du, bin ich Kino?« verwirrt und seine 0,5 l Apfelschorle-Bestellung aufgegeben hat, kommt er auf sein früheres Leben zu sprechen. Ganze vier Jahre war er als Punk unterwegs, jeden Morgen hat er seinen roten Irokesen hoch geföhnt und mit zwei Hand voll Pomade stramm aufgerichtet. Der Ausstieg aus der Szene kam sozusagen über Nacht, als sein Hechtsprung von der Bühne auf einem Biohazard-Konzert voll in die Binsen ging. Dem Publikum fiel es nicht ein, ihn aufzufangen, und er krachte auf die Bretter. Diesen Vertrauens- und komplizierten Knochenbruch konnte er nicht einfach so wegstecken, seitdem trägt er Anzüge und ist die erste Adresse in Sachen entflammte Herzen verknallter Männer. Es sei ihm schlichtweg egal, ob das Objekt der Begierde Mann, Frau, Biber oder Bierdeckel ist. Eine dünne Personalakte, ein paar Angaben über äußere Vorzüge und innere Werte und schon bringt Ali den Minnesang zu Papier. Der Widerspenstigen Zähmung braucht zuweilen ihre Zeit, es sei auch vorgekommen, dass ein Anwärter gegen den langjährigen Stammfreund und einen Nebenbuhler hatte operieren müssen. Tausend Mäuse bar auf die Kralle und Ali wusste Rat: Ein neuer Haarschnitt, persilweiße Hemden und ein Dauer-Bombardement mit messerscharfen Versen auf Büttenpapier, die »der Kandidat« der Angebeteten jeden Tag vor die Haustür legte. Diese Kunst des langen Anpirschens hat sich letztendlich gelohnt, auch wenn die Beziehung nur ein halbes Jahr anhielt. Über solche Erfolge hat sich Ali einen Namen gemacht, in manchen Kreisen nennt man ihn auch den Türken-Bergerac. Er ist der Mann, der Tuchfühlungen arrangiert, in einer Karaoke- und Playback-Welt auf first hand-Gefühle setzt. Wenn sich die heiß Begehrte nicht mit Geld und guten Worten betören lässt, waltet Ali seines Amtes als Hexer der weißen Magie. Dann empfiehlt er nach alter orientalischer Sitte, »der Schönen süßes Sirupgebäck auf die Lippen zu legen«: gehackte Walnüsse, ummantelt von einer Dörrfeige; gebackene Honigkringel; mit Mandeln gefüllte Teigtaschen. Oder Datteln, die Bonbons der armen Leute, ein bewährtes Rezept zur Aufreizung der Sinne. Eine Woche lang sieben Datteln pro Tag, und das Herz hüpft wie ein Lämmerschwänzchen im Frühlingsregen. Im Orient sind Liebeskuppler hoch angesehen, Ali knüpft an diese Tradition und sieht sich als verdeckter Mittler und Makler in Herzensangelegenheiten.

Zum Abschied deklamiert er einen Vierzeiler, der ihm einen äußerst froher Kunden beschert habe:

»In starken Tönen möchte ich dich besingen,
Jeden Finger deiner Hände mit Rubin und Gold beringen.
Am Saum deiner Robe Sternenstaub soll strahlen,
Wer dein Gazellenangesicht schaut erleidet Liebesqualen!«

Kunst oder gar nicht!

Ihre Brötchen verdient Merjem damit, dass sie den feinen Damen und Herren mit Sekt aufgefüllte Blutorangensüppchen oder Nocken von der italienischen Fenchelwurst serviert. Die Nachfrage der vermögenden Gesellschaft nach power lunches ist unstillbar. Manch ein Junggeselle über vierzig trinkt sich mildernde Umstände an und erzählt ihr zwischen Dessert und Schnaps, er habe schon einmal gebratene Nachtigallen verspeist. Oder beim Chinesen seinen Glückskeks nicht aufgebrochen, weil er kein Unglück berufen wollte. Merjem entschuldigt sich bei ihrer Kollegin, sperrt sich in die Toilettenkabine ein und notiert das Zitat im Kladdenheft. Ob story oder Erzählung, jede groß angelegte Textstrecke lebt von solchen Detailaufnahmen. Denn im wirklichen Leben ist Merjem mit nichts anderem beschäftigt als mit Schreiben. In ihren besten Nachtsitzungen an der Schreibmaschine kommt sie auf satte fünf Seiten ohne Zeilenabstand. Sie will ein Single-Album voll machen, eine Art Katechismus für Ego-Shooter, von denen es im alten wie im neuen Berlin nur so wimmelt. Jeden Tag arbeitet sie sich dem Höhepunkt entgegen, und wenn sie dann ihre Schürze abgelegt und nach zehn Minuten Fußmarsch ihr WG-Zimmer betreten hat, stürzt sie sich auf ihr Romanfragment. In knapp einem Jahr will sie zum Abschluss gekommen sein und erst dann das fertige Manuskript bei allen größeren Verlagen unverlangt einreichen.

Vom großen Durchbruch träumt auch ihr Zimmernachbar Carsten, der sich darauf verlegt hat, Hartfaserplatten direkt aus aufgeplatzten Farbtuben zu beschichten. In seinem Sortiment finden sich weder Pinsel noch Palette, er fühlt sich schließlich nicht berufen, gefällige Galerieschinken zu aquarellieren. Immer dann, wenn sich die Dämmerung wie ein schmutziger Schleier auf die Dächer Berlins legt und die Vergnügungslemuren auf die Straße strömen, hievt er seinen Sperrmüllfund auf die Staffelei. Für die Basisgrundierung greift er auf eine Mischung aus Modellierpaste, Bindemittel und anderen Zutaten zurück, laut Lehrbuch eine Todsünde. Er verrührt die Anteile in einer Salatschüssel und es sieht aus, als würde er eine scharf gewürzte Tunke verkleppern. Seinen Lebensunterhalt bestreitet Carsten über den Verkauf von Sauerkirschkonfitüre aus eigener Herstellung. Zwei Tage in der Woche steht er in einem Copy-Laden an der Kasse und plagt sich mit Papierstau und liegen gelassenen Originaldokumenten ab. Hauptsache die Kunst bleibt nicht auf der Strecke.

Sie sind überall, die noch Unentdeckten, die Dachkammerromanciers und Sanguiniker all der vielen Künste, deren Vollendung nur noch eine Frage von Monaten ist. Die Kunstdrechsler hausen in engen Betonwaben und leben in ihrem eigenen Kopfkino. Sie träumen von einem Mäzen, der endlich an die Tür klopft, von einer Zusage eines renommierten Verlags, von ihrem ersten Plattenvertrag mit einem Majorlabel. Sie pendeln zwischen schimmelwandigen Isolierzellen und schlecht bezahlten McJobs, pfeifen auf eine Festanstellung, fahren im Jahr vielleicht zwei, drei Mal Taxi. Sie sind Anwärter auf Preise und Schenkungen, auf das Kritikerlob im überregionalen Feuilleton oder das Amt des Avantgardisten in einer aufgeputzten Subkulturbaracke. In Berlin ist jeder, der nicht seine Jugend als Praktikant verschenkt oder im Haschnebel zerstrahlt, ein Künstler. Sogar die Türsteher versuchen sich in der Kunst der Haikudichtung. Wer nicht reindarf, kriegt es knapp mitgeteilt: no pain, no game!

Gerade mit den Einlassern darf es sich Nermin nicht verscherzen, denn von deren Gunst hängt es letztendlich ab, ob sie nachts champagnerbeschwipst oder mit knurrendem Magen ins Bett geht. Sie gehört zur Zunft der »gatecrasher«, sie begehrt vornehmlich Einlass in Empfänge und Privatfeten, wo sie sich an den Canapees satt essen kann. Und da sie selten im Besitz einer Einladungskarte ist, muss sie ihren Charme an den Türstehern verschwenden, die ob Nermins Ähnlichkeit mit Sophia Loren meist ein Auge zudrücken. Sie türmt ihr Haar zu einer B 52-Frisur und setzt auf den Schlitz im Kleid, um einen Produzenten oder Jungregisseur auf sich aufmerksam zu machen. Ihr Barhopping hat nicht mehr als drei Dialoge für eine kleine Filmrolle eingebracht. Das ist zu wenig für einen Vorsprechtermin bei einer Castingagentur. Also heißt es weiterhin Gesicht und Figur schieben, denn in Berlin gilt wie in jeder anderen Metropole die Devise: Man hat keine zweite Chance für den ersten Eindruck. Die Kunst ist Schwerstarbeit, sie spült deregulierte Psychen in kalte Quartiere, sie abverlangt eine lange Puste auf unwegsamem Gelände.

Wenn sich die Party wieder einmal als völliger Flop herausgestellt hat, schaut Nermin bei ihrer besten Freundin Mergem vorbei. Bei einer Tasse Yogitee mit Honig und Zwieback sprechen sie sich frei von dem nagenden Gefühl, ins Garn gegangen zu sein. Und während sie sich gegenseitig versichern, dass man nicht in der Mehrheit der Strohsternbastler aufgehen wolle, hören sie Carsten im Nebenzimmer poltern, der sich an seinem nächsten Meisterwerk zu schaffen macht.

Um Kopf und Kragen
Galaxy im Gespräch IV

Herr Minhorst

Galaxy Herr Minhorst, Sie sind der stolze Besitzer einer Sammlung von Stofftieren. Wie viele sind es genau?

Herr Minhorst Das is richtig, ja. Bei der letzten Zählung war'n's 974 Stück.

Galaxy Alle Achtung! Führen Sie Buch über Ihre Plüschtiere?

Herr Minhorst Ers' mal isses nich' richtig, ich mein', von wegen Plüsch un' so. Da denkt man ja innem ersten Moment an Kissen mit so 'ne Benzeln dran. Halt an Omas. Und nu' zum zweiten Teil von Ihn' die Frage: Also, stimmt schon, ich schreib' mir das schon rein ins Buch, wer wie heißt. Und ich zähl' dann 's Ganze zusammen.

Galaxy Wenn ich Sie richtig verstanden habe, hat jedes Stofftier einen eigenen Namen?

Herr Minhorst Hab'n Sie richtig kapiert, ja. Also, ich mein so 'ne Tierchen krieg'n Rufnamen von mir verpasst, weil ich denk', so was muss man schon bringen, dass ihr Herrchen – und das bin ja ich – sie nicht nur Frosch oder Kamel ruft. Da würden sie ja nicht drauf hör'n, weil ich ja mehr Frösche hab' als meinetwegen nur einen oder fünf. Da kommt eben jeder irgendwann durcheinander.

Galaxy Sie kennen jedes Stofftier bei seinem Namen?

Herr Minhorst Das is' richtig.

Galaxy Wie heißt der kleine Frosch auf der Sessellehne?

Herr Minhorst Also, das is' Quakman. Der is' so klein, weil er 'ne Kaulquappe is'. Ich hab' ihm so'n Namen verpasst, weil von wegen Superman und Batman und so. Is' halt witzig, weil er eben nich' 'ne Super Muckis hat. Dafür isser auch zu nett …

Galaxy … er grinst von einem Ohr zum anderen. Wie heißt das schwarze Nilpferd mit der gelben Schnauze?

Herr Minhorst Der is 'ne Wucht oder nich'? Das is Herbi. Herbi hab' ich vonnem Flohmarktstand gerupft, nö stimmt nich', die war'n ja schon am Einpacken und da hab'n se ihn einfach inne Tüte gestopft, so kopfüber und weil's gepisst hat wie Sau, war der halt klitschnass. Ich hab'n Zehner hingelegt, ich wollt halt Herbi da von so 'ner sch … Situation retten. Zu Haus hab' ich Herbi ers' mal trocken geföhnt, der war echt vollnass, aber das hab' ich ja vorhin gesagt.

Galaxy Das hört sich an, als würden Sie glauben, dass Herbi eine Seele hat.

Herr Minhorst Da können 'se einen lassen. Bloß weil Herbi sich nich' regt und nich' zappelt, is' er noch lange nich' tot. Herbi hat'n Innenleben, das er nich' zeigt. So 'ne Indianer haben's ja auch gecheckt, obwohl sie wilde Haligalis war'n, dass die Natur was draufhatte, ich mein' Bäume und Wiesen und Flüsse, das war'n wie Orgasmen, organische Natur und so.

Galaxy Wie haben Sie Ihre Leidenschaft für Stofftiere entdeckt?

Herr Minhorst Früher, als ich noch 'ne Arbeit hatte, war ich Brummifahrer, also bevor die billigen Kanaken hier den Markt kaputt gemacht hab'n. Na, ich bin halt viel rumgekommen und so zwischendurch hab' ich 'n Stopp eingelegt auf so'ne Raststätten. Da gibt's Stofftierautomaten, man schmeißt zwei Mark rein und mit'm Knüppel steuert man so 'ne Metallzange und greift sich die Tierchen. Das heißt, so anfangs zieht man voll die Nieten, weil man halt die Tricks nich' kennt.

Galaxy Was sind das für Tricks?

Herr Minhorst Also, 'n Trick is' dass so 'ne großen Tierchen ins Gewühl gesteckt sind, die sind richtig reingegraben, und man kriegt die halt schlecht zu fassen. Die Profis räumen eben erst mal rechts und links ab und am Ende hab'n 'se 'n ganzen Arm voll mit Schnuckis, als wär'n 'se auf 'ner Kirmes gewesen. Für'n Zwanni kriegt 'n Profi schon mal sechs Tierchen und darunter sind bestimmt ein zwei kapitale Tierchen.

Galaxy Herr Steinach, Sie sind Psychoanalytiker und vertreten in Ihrem unlängst erschienenen Buch »Stoff für Tiere« die These, der typische männliche Teddybärsammler sei ein Kindskopf und Frauenhasser in Personalunion.

Herr Steinach: Ich habe versucht, den Nachweis anzutreten, dass wir es im Falle eines Stofftiersammlers nicht mit einer krankhaft veranlagten Persönlichkeit zu tun haben. Seinen Handlungen innewohnt eine Logik: Er rekonstruiert das ideale Kinderzimmer, er aktualisiert aber damit auch den erfahrenen Liebesentzug von Seiten der Mutter.

Galaxy Das hieße, Herbi steht für Herrn Minhorsts verzweifelten Ruf nach seiner Mutter?

Herr Steinach: Ich spreche in diesem Zusammenhang von dem eingefrorenen Kindsmann. Die Projektion seiner Infantilität auf leblose Gegenstände ist dem Umstand verschuldet, dass seine erste Vertrauensperson, die idealtypisch fürsorgliche Mutter, auf die kindlichen Phänotypmuster nicht ansprang, Herbi ist also ein Teil des aufgeblähten Körpers von Herrn Minhorst.

Galaxy Herr Minhorst, können Sie sich mit dieser These anfreunden?

Herr Minhorst Das is' doch voll Kacke, ich mein, ey, der Typ macht mich zum Irren, wo nach Muttis Titte schreit. Mann, ich fass' es ja nich', ich lass' mir doch nich' vonnem Seelenklempner nich' anhängen, dass ich 'n Spasti bin, bloß weil mir Herbi 's Herz erweicht hat. So wie der Typ aussieht, braucht er selbst 'ne Behandlung …

Herr Steinach: Ich verbitte mir diesen Ton!

Galaxy Herr Minhorst, wollen Sie uns verraten, was Ihre Motive sind, ausgerechnet Stofftiere zu sammeln. Wieso nicht Briefmarken oder Zinnsoldaten?

Herr Minhorst Ey, ich hab' kein Bock auf Briefmarken. Is' doch affig, die lassen sich nich' anfassen, man steckt die ins Album, und das war's dann. Herbi oder Muschmusch, das is' 's Murmeltier auf'm Bett, die sind nich' leblos, wie der Typ das gemeint hat. Und noch was, mit Mami hat's null zu tun, die riecht die Radieschen von unten. Ich mach's zu meinem eig'nen Vergnügen.

Galaxy Hatten sie als Kind Stofftiere?

Herr Minhorst Nö, da hab' ich mit 'n Jungs Fußball gespielt oder Cowboy und Indianer und so'ne Sachen draufgehabt. Ich hab' auch Frösche platzen lassen, was ich heut' so nich' machen würde …

Galaxy Frösche platzen lassen?

Herr Minhorst Ich und mir mein bester Kumpel, wir hab'n denen Chinaböller ins Maul oder innen Arsch gesteckt und die Lunte angezündet. Wir hatten die Viecher annen Stecken festgebunden, damit die uns nich' abhaun. War aber nich' lustig.

Herr Steinach: Das ist ja widerlich!

Herr Minhorst Das ist richtig. Das verfolgt mich noch heute, so 'ne Sch … lässt sich eben nich' wegduschen.

Galaxy Herr Steinach, wenn Sie sich hier in Herrn Minhorsts Wohnung umschauen, würden Sie ihn als manifesten Frauenhasser bezeichnen?

Herr Steinach: Nun ja, das ist nicht nur von äußeren Parametern abhängig. Er müsste sich einverstanden erklären, sich einer eingehenden Behandlung zu unterziehen.

Herr Minhorst Das kannst du dir vonner Backe schmieren ...

Herr Steinach: Er müsste bereit sein, in seine Vergangenheit zu tauchen, im buchstäblichen Sinne. Diese Bereitschaft stellt sich übrigens erst nach einer Reihe von Sitzungen ein, und erst wenn die Hemmungen unter meiner Anleitung wegfielen, würde ich auf verdrängte Traumata oder ein einziges prominentes Erlebnis stoßen können.

Herr Minhorst Der stellt mich die ganze Zeit als Psycho hin, das kotzt mich echt an, 's kann ich gar nich' in Worte fassen. Was willst du eigentlich, Typ, du hast doch bestimmt 'ne Tüte mit Pornoheften im Schrank. Du machst es dir heimlich, wenigstens steh' ich zu mir mein' Ding.

Herr Steinach: Ich muss mir das nicht anhören. Der Mann ist doch total gaga!

Galaxy Herr Minhorst, Sie haben Ihre Kuscheltiere nach Farben getrennt und sortiert. Steckt da eine bestimmte Methode dahinter.

Herr Minhorst Also, 'n Kumpel von mir is' handwerklich voll drauf und wir beide hab'n Regalsystem ausgetüftelt, weil, ich wollt' halt nich' so 'ne Kraut und Rüben. Da drüben anner Wand steht 'n Regal mit Grün, inner Küche mit Rot, im Flur hab' ich Blau steh'n. Auf'm Boden is' Grau und Pink und so weiter. Manche Tierchen hab' ich halt gern um mich rum, deshalb is Herbi, obwohl der ja schwarz is', bei mir inner Wohnung.

Galaxy Herr Steinach, lässt diese Farbentrennung eine Tiefenanalyse zu?

Herr Steinach: Ich habe schon festgestellt, dass wir alle aussagekräftigen Verhaltensprägungen zusammentragen müssen, um uns ein Bild von der Schwere und der Schärfe der Persönlichkeitsdeviation machen zu können. Herrn Minhorsts Buchführung über seinen leblosen Zoo und dessen farbintendierte Ausstellung sind Ausweise einer Pedanterie. Allerdings hält er sich nicht strikt an die Farbvorgabe: Im grünen Regal sehe ich auch andere Farbkleckse, die Mäuler der Stofftiere sind rot und somit der Echtfarbe der Schleimhaut nachempfunden.

Herr Minhorst Das ist richtig, ja. Das war'n Problem, von wegen Dschumm hat'n grünes Fell, aber ihm seine Froschzunge is' rot. Da musst' ich echt mal darauf rumdenken, wo der nun hingehört. Aber is' doch dann logisch, der meiste Stoff an ihm is' ja grün, also rein ins Grüne. So hab' ich halt 'n System mir gemacht mit der Zeit.

Galaxy Was sagt Ihre Freundin zu Ihrer Sammelwut?

Herr Minhorst Ich bin schwul!

Herr Steinach: Das ist höchst interessant!

Galaxy Ich verstehe nicht. In unserem telefonischen Vorgespräch haben Sie andere Angaben zu Ihrer sexuellen Präferenz gemacht …

Herr Minhorst Voll angeschmiert, ey! Ich wollt' dem Psychoheini ein' gönnen, damit er sich über mich den Arsch abgrübelt.

Herr Steinach: Ich finde es gar nicht witzig …

Galaxy Zurück zu der Frage. Ist Ihre Freundin, Herr Minhorst, nicht eifersüchtig auf Ihre 974 Kuscheltiere?

Herr Minhorst Wieso denn? Ich vögel doch nich' rum mit den Tierchen. So weiß sie wenigstens, dumm wie sie ist, was sie mir zum Geburtstag oder zu Weihnachten schenken soll. Die Olle is' so blöd, dass die Schweine sie beißen …

Galaxy Sie haben ja keine hohe Meinung von Ihrer Freundin …

Herr Minhorst Ich kenn' die Alte jetzt schon sechs Jahre. Die hat sich wie 'ne Klette an mich gehängt, weil sie vom Saufen gar nich anne frische Luft kommt. Die Alte kennt nur die Macker von ihr der Lieblingskneipe, und einmal war se so voll, dass ich se zu mir mitgenommen hab'. Muschmusch hat se im Suff umarmt, ich hab' ihr das hoch angerechnet, und weil so 'ne Sympathie da war, hab'n wir halt 'ne Nummer geschoben.

Galaxy Aha.

Herr Minhorst Also, die Alte blickt eben nich' durch, sie is' noch gut zum Lakenlüften un' so.

Galaxy Herr Steinach, das alles hört sich nicht unbedingt nach Frauenhass an …

Herr Steinach: Herr Minhorst würde sich seinen Tötungslüsten nie ergeben. Er würde beispielsweise seinen Stofftieren nicht mit einem Brotmesser den Bauch aufschlitzen, bloß weil er einen schlechten Tag erwischt hat. Er unterdrückt seine animalischen Anteile, gemessen an seinen intellektuellen Möglichkeiten legt er ein hohes Maß an Aufmerksamkeit für seine Kuscheltiere an den Tag.

Herr Minhorst So wie ich das seh', sind mir die Tierchen schwer aufmerksam, ich mein', die hören dir zu, die sag'n nich', halt mal das Maul un' so, wenn ich denen verklicker, was jetzt so anliegt in mein' Leben. Is' ne genseitige Sache, ich denk', ich bin halt auch für sie da, un' so.

Galaxy Herr Minhorst, ich darf Ihnen im Namen unserer Redaktion diese Megamaus überreichen. Nun besitzen Sie 975 Stofftiere …

Herr Minhorst Das ist richtig. Mann, ey Sch …, die is' ja kuschelmuschelig, Mann ey, Sch … ey, ich weiß echt nich', was ich sagen soll, ich flipp' hier voll aus, die hat ja richtig große Tellerohren, ich nenn' die mal Gulgul, das passt irgendwie. Danke Mann …

Herr Tournier

Galaxy Herr Wilfried Tournier, Sie bezeichnen sich als ideellen Konsumenten. In Funk, Film und Fernsehen singen Sie das Loblied auf den Kaufsouverän in der magischen Warenwelt und werden dafür von Vertretern der Kirchen und der Gewerkschaft als Ultra-Economy-Monster, Konsumjubelperser oder auch als analretentiver Ordnungsfuzzi beschimpft. Was heißt überhaupt analretentiv?

Herr Tournier Laut Duden bedeutet Retention die Zurückhaltung auszuscheidender Flüssigkeiten. Wenn ich die Polemik richtig verstehe, bin ich in den Augen der Hysteriker, die eine Gegnerschaft zu mir konstruieren wollen, ein Mensch, der keine Toilette aufsucht, wenn ihn der große Stuhlgang plagt. Was sie damit aussagen wollen, ist wahrscheinlich auch ihnen selbst schleierhaft.

Galaxy Ohne Zweifel haben Sie diese Leute auf die Palme gebracht. Haben Sie dafür eine Erklärung?

Herr Tournier Das ist eine künstliche Aufregung. Nicht mehr und nicht weniger.

Galaxy Anscheinend lassen auch Sie sich davon anstecken. Einen Gewerkschaftsfunktionär als »stinkendes Element« zu beschimpfen, zeigt nicht von ausgesuchter Höflichkeit.

Herr Tournier Ich bin nicht sehr glücklich über diese meine Entgleisung …

Galaxy Machen wir hier einen harten Schnitt und kommen auf Ihre Thesen und Theorien. Was genau wollen Sie uns verkaufen, Herr Tournier?

Herr Tournier Ich behaupte mit gewissem Recht, dass der Konsum eine Sichtachse in die Wildnis geschlagen hat. Und es ist meine feste Überzeugung, dass dem Konsum, in all seinen Variationen, die optimale Platzausnutzung des Glücksterrains innewohnt.

Galaxy Das haben Sie schön gesagt, wir haben es trotzdem nicht verstanden …

Herr Tournier Die freie Marktwirtschaft ist die beste aller Welten, und auch die Subversiven, die vor gar nicht so langer Zeit die Systemfrage gestellt hatten, haben sich wie Parasiten im großen Wirtschaftkörper eingenistet. Kritik gilt in unserem Lande als Zeichen der Intelligenz. Deshalb will niemand mit der ganzen Wahrheit herausrücken, die da heißt: In der kapitalintensiven Gesellschaft wird jeder glücklich! Der Konsum ist keine kranke Sucht, auch der Kauf von entbehrlichen Luxusgütern gibt uns das bisschen Freude, auf das wir alle ein Anrecht haben. Also weg mit dem schlechten Gewissen!

Galaxy So weit so gut. Sie fordern aber alle Bevölkerungsschichten dazu auf, noch mehr noch schneller zu kaufen. Reicht Ihnen die immense Verschuldung der Haushalte nicht?

Herr Tournier Es gibt Menschen, die sind derart weltfremd, dass sie sich als Touristen vorkommen, wenn sie kurz vor die Tür gehen.

Galaxy Wie sollen wir das jetzt bitteschön verstehen?

Herr Tournier Wir leben in paradiesischen Verhältnissen. Um das feststellen zu können, muss man sich jedoch anbequemen, die eigene kleine Stube zu verlassen.

Galaxy Gut, wir haben also unsere Wohnung verlassen, haben auch hinter uns abgeschlossen und sind jetzt an der frischen Luft. Was erwartet uns also Ihrer Meinung nach?

Herr Tournier Was wir sehen, ist der Kalte Krieg der Logos, ist die Logo-Inflation, sind die Logoträger. Die Botschaft lautet: Ich bin markiert und habe einen langen kommerziellen Atem. Meine Markierung gegen die deine. Die Jagd nach der Konsummarke, nach dem Unikat, treibt die Massen an. Was die kommunistische Doktrin unter Zwang versucht, jedoch nicht geschafft hat, ist Wirklichkeit geworden: Mit der Selbstbedienung haben die Volksmassen das Glück auf Erden gefunden.

Galaxy Es fällt auf, dass Sie in der Tonlage eines religiösen Eiferers reden.

Herr Tournier Der Konsum macht Nächstenliebe möglich. Er hilft mir, meine hässlichen Mitmenschen, wenn nicht zu lieben, so doch in gewisser Weise zu ertragen. Meine Vitalität nimmt über meine Kauffreude zu.

Galaxy Kaufen macht frei?

Herr Tournier Eine schönere Korrespondenz wie zwischen dem Kaufgebildeten und dem Produkt kann es nicht geben. Gott nimmt man nicht in einer Einkaufstüte mit nach Hause. Das Gespür für das begehrte Objekt ist eine ungleich feinere Geistesausstattung als sie je eine Religion ihren Gläubigern zu geben vermochte.

Galaxy Das könnte aber gut als Blasphemie durchgehen!

Herr Tournier Sie fragen mich danach, ob der Konsum selig macht. Und ich sage: Nieder mit dem Verzichtsdogma! Nieder mit der Konsumaskese! Es lebe die Logo-Inflation! Es lebe …

Galaxy Ist ja gut! Lassen Sie uns doch bitteschön aus dem Nebel der

Philosophie heraustreten. Sie haben vorhin den Ausdruck »Kaufgebildeter« benutzt. Was meinen Sie damit?

Herr Tournier Die Shopper-Primitiven wissen nicht um die in den Gebrauchsdingen kondensierte Dingseele. Sie sind unendlich dumm und können nur Ware als Ware kaufen. Ein Konsumaristokrat dagegen springt nicht unbedingt auf ein plausibles Preisschild an.

Galaxy Konsum bildet, verstehe. Aber was macht Sie, der Sie ja wie wir Normalsterblichen Ihren Einkaufswagen zur Kasse fahren und für dessen Inhalt zahlen müssen, so besonders?

Herr Tournier Wir sprechen vom Prinzip Konsum, von der Idee darin und dahinter. Im Konsum haben wir zweifelsohne ganz flache Hierarchien, und Kaufhäuser gibt es in allen zivilisierten Ländern. Jeder kann kaufen. Jeder soll kaufen. Ich persönlich bin zutiefst kaufkonservativ. Im Gegensatz zu der Rinderherde der gemeinen Konsumenten gehe ich strikt nach Einkaufszettel vor. Ich kaufe Produkte und Luxuswaren, die zu meinem Glück tatsächlich fehlen. Ich sehne mich nach dem Einzelstück, und kurz bevor ich an meiner Konsummelancholie verzweifle, kaufe ich es. Also bin ich ein Finanzsouverän, ein Ritter der gebremsten Geldverschwendung.

Galaxy Sie schönen und veredeln Ihr Biedermeierglück.

Herr Tournier Sie wollen doch wohl nicht der Mangelwirtschaft der DDR das Wort reden, oder?

Galaxy Ich glaube einfach, Sie unterwerfen sich der Totalstimulation der Warenwelt und bezeichnen Ihr Elend als Privileg. Das ist so, als wenn Plantagensklaven ein dreifaches Lebewohl auf den Massa skandierten.

Herr Tournier Sie sind ideologisch verblendet. Ich habe ein klares Credo und es lautet: Ja, ich bin gebrauchswertintendiert! Ja, ich fühle mich wohl dabei! Ja, die Waren sind Inventarstücke meiner Existenz!

Galaxy In einer Anzeige für Möbeldesign ist von einem »souveränen Sofa« und einem »vollwertigen Bett« die Rede. Finden Sie es nicht bedenklich, dass erwachsene Menschen einem Sofa Souveränität und einem Bett Vollwertigkeit andichten?

Herr Tournier Die Werbung kann auch in Gagapropaganda umschlagen.

Galaxy Schön, dass Sie mir zustimmen. Um in Ihren Worten zu reden: Wieso bitteschön sollten wir Ihnen dann etwas abkaufen, wenn wir den Verdacht haben, dass Sie uns also mit Gagapropaganda ein nutzloses Produkt andrehen wollen?

Herr Tournier Sehen Sie, die Art von Kapitalismuskritik, mit der Sie mich und Ihre Leserschaft agitieren, ist auch nichts anderes als Ware. Im emotional gestörten, linken Chaoten von heute erkenne ich meines Geistes künftiges Kind. Er wird allen oppositionellen Kräften folgen und sich ebenso dem Kaufhausindividualismus ergeben. Beuys hat den Begriff der sozialen Plastik geprägt, ich spreche von der Warenausstellungsfläche Deutschland.

Galaxy Herr Wilfried Tournier, in Ihrer schönen neuen Warenwelt scheint es die Armen nicht zu geben.

Herr Tournier Der Arme ist ein potenzieller Aufsteiger. Seine knappen Ressourcen bremsen ihn noch. Er kann sich trotzdem noch zu einem Besserverdiener hoch entwickeln. Seine Kaufzurückhaltung wird sich dann geben. Ich spreche natürlich nicht von den professionellen Opiumessern, die uns allen auf der Tasche liegen. Dieses Gevölk braucht die harte Medikation.

Galaxy Haben Sie Ambitionen, in die Politik einzusteigen?

Herr Tournier Nein.

Galaxy Na, Gott sei Dank. Herr Tournier, Sie wohnen und leben in Kiel. Kiel gilt zwar als Landeshauptstadt, ist aber meines Wissens als Metropole nicht so recht in Erscheinung getreten. Sind Sie dort als Konsumaristokrat nicht vielleicht doch fehlplatziert?

Herr Tournier Die Marktdynamik entfaltet sich allerorten, sie erfasst sozusagen alle Standorte. Ihre Frage entbehrt insofern jeglichen Hintersinns, als dass das tropische Konsumklima, wie ich das heiß temperierte Kaufverhalten bezeichne, in jeder noch so kleinen Siedlung vorherrscht. In Kiel wie in Konstanz wird die Marktplatzierung nicht nur des Produkts, sondern auch des Einzelverbrauchers vorgenommen.

Galaxy Wenn man Sie so reden hört, wird man das Gefühl nicht los, dass Sie sich mit einer Litfaßsäule verwechseln.

Herr Tournier Mein Stilmuster gehört mir. Das ist der Effekt.

Galaxy Ich will mich plakatieren, wie ich will, um frei nach einer Margarinewerbung zu sprechen …

Herr Tournier Der Vergleich hinkt. Ich habe einen freien Willen und ich bin, wie alle Menschen, total komfortfunktional ausgerichtet. Dieser totale Wille setzt sich durch und es liegt einzig und allein an mir, für die für meinen Lebensstil gebräuchlichen Warenmuster aufzukommen. Was für mich als Komfortindividualisten gilt, hat auch seine Gültigkeit bei einem Polit-Rocker, der sich mit seinesgleichen zusammenrottet, um Sachschäden zu verursachen. Man muss ihn mit dem Kostenverursachungsprinzip konfrontieren.

Galaxy Von Konsum zu Law and Order – ein gewagter Spagat …

Herr Tournier Ich gehe sogar einen Schritt weiter. Das Sozialsystem wird belastet von den Aussaugern. Wir, ein Volk aus anständigen Steuerzahlern, brauchen für die notorischen Faulenzer in den lower classes Einzelbetreuung und ein individuell zugeschneidertes Aussteigerprogramm.

Galaxy Der Arme als Chaot und Sozialparasit – damit machen Sie sich keine Freunde.

Herr Tournier Ich bin unbedingt dafür, den Sumpf der sozial nicht tragbaren Elemente trocken zu legen. Früher gab es Kriege, um das Arbeitslosenheer einer alternativen Beschäftigungspolitik zuzuführen. Auch wenn man sich unbeliebt macht, es wird Zeit, über ungewöhnliche Maßnahmen laut nachzudenken.

Galaxy Sie propagieren allen Ernstes den Krieg als Wunderwaffe gegen die Arbeitslosigkeit?

Herr Tournier Ich mache nur unkonventionelle Vorschläge. Manchmal ist es nicht damit getan, den Paradedegen zu ziehen.

Galaxy Eine allerletzte Frage: Was ist Ihre Lieblingsspeise?

Herr Tournier Polenta auf Tomatenlauch!

Herr Hütlin

Galaxy Herr Marc Hütlin, Ihr offizieller Titel lautet: »Göttlichkeitsmeister und Ritualkoordinator der Weihespiele in der Kirche der Apostellosen Freien Gemeinde«. Haben die Mitglieder Ihrer Kirche Sie bei vollem Titel anzusprechen?

Herr Hütlin Die Anrede »Eure Exzellenz« reicht völlig aus.

Galaxy Nicht jeder Sterbliche kann von sich behaupten, einer großen Gemeinde vorzustehen. Wie sind Sie überhaupt auf die Idee gekommen, eine eigene Kirche zu gründen?

Herr Hütlin Ihr Wortlaut stört mich ein bisschen. Nicht ich bin es gewesen, der die Idee zur Erweckung der Menschengesellschaft in die Tat umsetzte, sondern der Hohe Herr. Es ist auch sein weiser Ratschluss, das Heer der Gotteskrieger von mir anführen zu lassen.

Galaxy Also, wie hat Gott Ihnen die Idee zur Kirchengründung eingegeben?

Herr Hütlin Es ist im Grunde ganz einfach. Das Heil wurde mir in einer Gaunerhöhle verkündet, in der üble Gestalten der Sünderzunft Fleisch für Hungrige bereitstellen. Ich sah Babylon in die Fratze, und Babylon erschrak und starb ab in mir. Von diesem Tage an lehrte ich den Blinden die Verheißung.

Galaxy Wenn ich Sie richtig verstehe, haben Sie sich in einem Eroscenter von Saulus zum Paulus verwandelt.

Herr Hütlin Sie reden von meiner Zeit als Toter unter Toten. Mir geht jede Vorstellung davon ab. Alle Meister wandelten vor ihrer Berufung auf anderen Pfaden. Doch dann wurde das Licht angezündet, und das Dunkel verschwand.

Galaxy Schön. Erfreuen sich unter Ihren Schüler viele der Erleuchtung?

Herr Hütlin Wir reden hier nicht von süßen netten Kabinettstündchen am Wochenende, wir reden von einer harten Schulung zum Gotteskrieger. Der unsachgemäße Umgang mit offenem Feuer, also mit dem Hohen Herrn, kann schmerzhafte Folgen haben. Ich leite die Menschengesellschaft an, und natürlich erlangt ein Schüler nach einer langen Zeit der Entsagung die Erkenntnisreife eines Spiritcoachs.

Galaxy Ein Coach ist meines Wissens ein Mannschaftstrainer.

Herr Hütlin Das stimmt in etwa. In unserer Freien Gemeinde führt der Spiritcoach einen Kriegerbund von elf Gläubigen an. Er ist dafür verantwortlich, dass die ihm anvertrauten Soldaten kein Jota abweichen …

Galaxy Das kling nach Zucht und Drill!

Herr Hütlin Richtig. Dem Hohen Herrn ist jeder Abtrünnige ein Gräuel. Wir stellen von Anfang an klar, dass wir keine Schnupperkurse in ökumenischer Gottesanbetung anbieten.

Galaxy Sie betreiben also eine Manipulation bis zur Schlachtreife?

Herr Hütlin Das ist eine infame Unterstellung!

Galaxy Nun, Sie selbst haben ja festgestellt, dass Ihr Hoher Herr eine Lossagung von der reinen Lehre nicht duldet. Hat das nicht zur Konsequenz, dass jeder Schüler für immer und ewig im Sektenapparat gefangen ist?

Herr Hütlin Sie reden gequirlten Quark, verdammt nochmal. Die Wunderheilung ist kein Pipifax. Und wenn Sie so wollen, bin ich tatsächlich ein Datenlöschmeister. Mit einer Sekte hat unsere Glaubensschule im Übrigen nicht das Geringste zu tun.

Galaxy A propos Wunderheilung. Sie gehen mit Magnetdecken gegen Reue bei Fehlkäufen vor …

Herr Hütlin Der Gefühlseinbruch bei falschem Konsum ist doch beträchtlich. Und der Fehlkauf schafft in uns eine Wüste. Selbstverständlich obliegt es mir, einen Schüler dahingehend anzuleiten, dass er mit einem Luxusgegenstand, den er in einem unbesonnenen Moment erstand, umgehen kann.

Galaxy Also tauscht der Schüler seinen teuren Kaschmirmantel gegen eine Magnetdecke, die er zudem bei Ihnen käuflich erwerben muss.

Herr Hütlin Es ist als erwiesen anzusehen, dass der Mensch in der Freiheit von weltlichem Besitz die Gottesnähe erspürt und unter Anleitung auch findet.

Galaxy Wenn das stimmt, was Sie behaupten, dann haben Sie seit Bestehen Ihrer Kirche eine große Distanz zu Gott aufgebaut. Sie tragen edlen Zwirn und sündhaft teuren Schmuck; Sie haben eine Vorliebe für Porsche und Ferrari; Sie sind der Eigentümer von Immobilien in der Hamburger Elbchaussee. Ist der Ritualkoordinator Marc Hütlin von Gott abgefallen?

Herr Hütlin Bald wird der Hohe Herr auch Ihnen die Lust auf unanständige Gedanken austreiben. Ich bin Gottes Erste Geldwaschanlage: Ich nehme den Sündern das schmutzige Geld ab und führe es dem Heil zu. Wie Jesus die Sünden der Menschheit am römischen Martergalgen auf sich lud, so belade ich mich mit dem weltlichen Gepränge, das mir nichts anhaben kann. Babylons Schmuck ist mir Wehr und Panzer, eine Schutzweste, und ich kann die Täuscher und Trickser mit ihren eigenen Waffen schlagen. Ich bin ein topkompetenter Lichtbringer im Namen des Herrn.

Galaxy Ach ja, das erklärt ja alles. Ihr so genanntes Soul searching-Programm umfasst auch Tipps für den frustrierten Kleinsünder. Was raten Sie einem Singlemelancholiker, der einsam und gottverlassen in seiner Dreizimmerwohnung sitzt?

Herr Hütlin Er sollte den Weg zu unserer seelsorgenden Kirche finden. Für den Anfang reichen aber auch einfache Vorkehrungen. Man überziehe den Fernseher mit einem purpur-fliederfarbenen elastischen Stoff und zappe durch die Kanäle. Der Zuschauer wird vom Geist des alttestamentarischen Hohelieds der Liebe berührt werden. Denn er sieht plötzlich alles durch das fein gewirkte Tüll des göttlichen Lichts.

Galaxy Heil durch Knopfdruck?

Herr Hütlin Lästern Sie ruhig. Die Sünde gedeiht im Humanhumus.

Galaxy Was empfehlen Sie zum Frustabbau Menschen, die keinen Fernseher besitzen?

Herr Hütlin Eine Frau von vorbildhafter Enthaltsamkeit, mittlerweile eine Schülerin, fragte mich um Rat, wie Sie es anstellen könnte, nicht länger düsteren Gedanken anzuhängen. Ich sagte: Nimm einige Stängel glattblättrige Wasserschraube und arrangiere sie in einer transparenten Salatschüssel mit großer Öffnung. Beschwere die Pflanzenwurzel mit weißem Kies, fülle die Schüssel mit stillem Wasser auf und betrachte dieses Wunder der Natur. Deine verödeten Sinnesreize werden aufleben. Du hast dich mit Fertigteilfassaden umgeben und es wird Zeit, dass sie abfallen … diese meine Anleitung zur Selbstentlastung hat bei ihr gefruchtet.

Galaxy Und, hat sie Ihnen ihr ganzes Vermögen vermacht?

Herr Hütlin Jetzt sind Sie froh wie der Mops in Paleteau, nicht wahr?

Galaxy. Meine Fragen dienen der Wahrheitsfindung, Herr Hütlin.

Herr Hütlin Sie machen sich bei mir langsam unbeliebt.

Galaxy Während Sie in säkularer Tracht wandeln, sind Ihre Schüler einer strikten Kleiderordnung unterworfen. Sie tragen leuchtend rote Filzstülper an Armen und Beinen und graue Hussen für den restlichen Körper. Luxus für den Meister, Büßergewänder für die Gemeinde?

Herr Hütlin Ich nehme verwirrte Geister in Pflege. Die meisten von ihnen sind Infanteristen, denen der Aufstieg in die höheren Sphären versagt blieb. Draußen herrscht das Big Animal Business, in unseren Reinheitstempeln legen die Schüler ihre schmutzige Wäsche ab. Auch im künftigen Gottesreich gelten Gesetz und Ordnung.

Galaxy Wir müssen uns also mit dem Gedanken anfreunden, dass es im Himmel Hausmeister gibt?

Herr Hütlin Sie brauchen sich darüber nicht den Kopf zu zerbrechen. Ich glaube eher, dass Sie in die Hölle abkommandiert werden.

Galaxy Wenn Sie es sagen. Was können Sie uns über die Hölle berichten?

Herr Hütlin Sie ist eindeutig ein Großraumtrakt. Man ist auf immer und ewig den Blicken der anderen Insassen ausgesetzt. Man ist dazu verdammt, die Mitgefangenen zu betrachten und jedes noch so kleine Detail mitzuschneiden. Wahrlich, ein Elend. In der Hölle schrillt keine Alarmglocke, dafür ist es zu spät. Jeder Kandidat hat seinen Platz eingenommen und schmort in der eigenen Sünde.

Galaxy Die Hölle, das sind die anderen. Wie unoriginell.

Herr Hütlin Ganz langweilig ist die Version des Vatikans. Die Sünder sind Gorgonzolafigürchen, die dahinschmelzen, kaum dass sie in die Nähe von heißen Leuchtkörpern kommen. Und im Himmel wird man bewirtet wie in einem Gourmetrestaurant. Damit schreckt man vielleicht Kleinkinder ab, dass sie auch nicht in Mutters Börse nach Groschen für den Kaugummiautomaten kramen. Wenn sie brav sind, kriegen sie im Jenseits leckeres Essen vorgesetzt.

Galaxy Ich sehe schon, im Vergleich sind Sie sehr moderat. In einem Ihrer Weihespiele stellen die Schüler so genannte Kettenkörperbilder her. Was heißt das bitteschön?

Herr Hütlin Den Anfang macht ein Spiritcoach, indem er eine archetypische Körpereinfrierung auf einem Polaroidfoto festhält und an den Schüler weitergibt. Dieser denkt sich sein Körperbild dazu und gibt es weiter an seinen Nächsten im Kriegerbund. So entsteht schließlich ein biblisches Gruppenbild.

Galaxy Hört sich nach netter Freizeitgestaltung an.

Herr Hütlin Ich wusste, dass Sie mit Spott reagieren würden.

Galaxy Bieten Sie den verwirrten Geistern auch Reflexzonenmassage an?

Herr Hütlin Ich will doch nicht ins Heilpraktikerproletariat abstürzen. Meine Schüler fegen Ihre Metaenergie auf den Markt, und für alle Uneingeweihten nehmen sie sich aus wie Gotteskrieger, die in Drachenblut gebadet haben. Wen Gottes Spuckstrahl trifft, legt sich in die Mitte auf den harten Betonboden und lässt sich von einem Gottfreund seine Aura spüren. Die Kraft bleibt erhalten und wird mitgeteilt. Der übliche Workshop-Teilnehmer ist bei uns an der falschen Adresse.

Galaxy Wie hoch ist in Ihrer Apostellosen Freien Kirche die Erfolgsrate?

Herr Hütlin Sehr hoch, mein Freund, wirklich sehr hoch! Ich habe dank der vom Hohen Herrn mir verliehenen Heilkraft einen gemeinen Christkindklauer geheilt. Er war krankhaft veranlagt, er mopste Liebjesulein aus der Krippe.

Galaxy Ach ja? Was tat er mit Kaspar, Melchior und Balthasar?

Herr Hütlin Nichts. Er ließ sie links liegen, das heißt, er rührte sie nicht an.

Galaxy Hat er vielleicht nicht doch die Krippe umgeworfen oder das Stalldach eingedrückt?

Herr Hütlin Das tat er nicht, verdammt nochmal. Er hat die Heilige Familie nicht angetastet. Er hat den Esel auch nicht am Schwanz gezogen. Die Entwendung allein des Christkindes war ihm zur Manie ausgewachsen.

Galaxy Er exerzierte also dann ein paar Weihespiele, ließ sich vom Spiritcoach anbrüllen, vermachte Ihnen sein Hab und Gut und wurde wie durch ein Wunder vom Krippenschänden geheilt.

Herr Hütlin Er begab sich in die Hände des Herrn.

Galaxy Wunderbar. Weniger schön ist der Umstand, dass Sie in einer Ihrer rituellen Samstagpredigten verkündet haben, dass – ich zitiere – »Der Mestize keine Seligkeit kennt«. Spricht der Hohe Herr nur zu den Weißen?

Herr Hütlin Sie geben meine Worte sehr verkürzt und verzerrt wieder. Ich sagte, die Mestizenepidermis sei kein Wunder der Natur. Gott liebt Ofenbräune oder klare weiße Haut. Dann noch gelb und indisch verdunkelt. Die Grenzen sind gesetzt und gezogen, wer sie überschreitet, ist wahnbefangen.

Galaxy Mischehen sind für Sie also eine teuflische Angelegenheit?

Herr Hütlin In der freien Wildbahn sind Kreuzungen artfremder Geschöpfe unumgänglich. Und der Mensch ist von Natur aus eine chaotische Kreatur. Wenn er nicht im rechten Glauben geleitet wird, geht seine Phantasie mit ihm durch.

Galaxy Wir danken Ihnen für Ihre ungemein erhellenden Worte. Gleich verraten Sie uns, dass Sie als Kind von einem Ufo entführt wurden und auf einem fremden Planeten Ihren Ritterschlag zum Göttlichkeitsmeister bekamen.

Herr Hütlin Sie machen sich bei mir unbeliebt!

Galaxy Ein Abtrünniger macht Ihnen Konkurrenz. Einer Ihrer Spiritcoachs, Heribert Wehmann, hat die Kirche der Apostellosen Freien Gemeinde verlassen und das Gotteshaus der Ersten Kirche der Apostellehre gegründet. Es heißt, er habe Ihnen die Hälfte Ihrer Schüler abspenstig gemacht.

Herr Hütlin Der Wehmann ist eine Flasche, da muss man schon über Pfanderhebung nachdenken.

Galaxy Man sagt, Sie hätten in einem Weihespiel Ihren Getreuen befohlen, mit dem Spalterdämon kurzen Prozess zu machen …

Herr Hütlin Der Wehmann hat Gottes Glückliche Herde verlassen. Es ist seine freie Entscheidung, in unserer Freien Gemeinde gilt das Selbstbestimmungsrecht, trotz der strengen Unterweisung in der Heiligen Kriegerkunde. Ich habe seinerzeit großes Vertrauen in ihn gesetzt, aber ich hätte es wissen müssen. Was erwartet man von einem Ex-Marxisten? Als agitierender Tribun lernt man, die Volksmassen wegen ihrer Trägheit zu verachten. Und also sät man Zwietracht.

Galaxy Sollte er also wegen seines Abfalls mit dem Tode bestraft werden?

Herr Hütlin Der Hohe Herr wird über den Spalter Wehman richten. Er betreibt geisttötende Eurhythmie. Und er reibt sich jeden Morgen mit seinem eigenen Urin ein.

Galaxy Das ist ja bizarr!

Herr Hütlin Allerdings. Die obsessionelle Besudelung des Körpers ist immer sein Liebstes gewesen. Als Erziehungsberechtigter seines Kriegerbunds hätte er die Schüler, und vor allem die Schülerinnen, nicht dazu anstiften dürfen, sich mit feuchtem, essiggetränktem Schlick zu beschmieren. Das hat sich zugetragen. Man informierte mich darüber, und ich habe dem dämonischen Treiben ein Ende gesetzt.

Galaxy Moment mal. Sie werfen Heribert Wehman vor, er habe seine weiblichen Schutzbefohlenen sexuell belästigt?

Herr Hütlin Er ist sicherlich ein Fall für den Psychiater und für den Staatsanwalt. Der Hohe Herr wird über ihn richten.

Galaxy Herr Hütlin, ist das alles nicht große Oper für einen Gott, der sich doch längst von der Bühne verabschiedet hat?

Herr Hütlin Es bringt bestimmt nicht das Heil, einen Specksteinbuddah auf das Altarbrett zu stellen und davor jeden Tag nach dem Aufstehen ein- und auszuatmen. Es herrscht Krieg zwischen den Mächten des Hohen Herrn und des Obersten Abtrünnigen, des Teufels. Und Sie wissen ja, auf dem Schlachtfeld bewirft man sich nicht mit Wattebäuschchen.

Nachruf

Radtkos Grabrede

Als würde der Himmel Tränen vergießen geht ein leichter Nieselregen nieder. Trostlos ist der Anblick der Müllverarbeitungsanlage, auf die wir einen freien Blick haben. Wenn ich die Augen kneife, kann ich in der Ferne die Silhouette der Stadt erkennen, in die wir aufbrechen werden, um einem argen Feind einen Besuch abzustatten ...

Stanislaw ist tot. Ich habe meinen treuen Gefährten in seinen Lieblingskissenbezug gebettet, den Reißverschluss für immer und ewig zugezogen und das Bündel ins Erdloch hinabgelassen. Es ist, als sei meine rechte Hand abgefallen. Es ist, als müsste ich das Grab zu unseren Füßen in die Länge und Breite ausschaufeln und mich dazu legen, denn ihr wisst, Stanislaw und ich waren ein Körper und eine streitbare Macht.

Ihr meine Freunde habt euch eingefunden, ohne dass ich euch hätte darum bitten müssen. Andere dagegen müssen einen großen Aufwand betreiben, ein unwürdiges Bumbum, bis sie für die Dauer von wenigen Stunden zusammenkommen und die Straßen belärmen. Wir sind zwar im Augenblick eine Trauergemeinde, aber auch zu anderen und fröhlicheren Zeiten war es uns ein Leichtes, die Termine der Zusammenkunft einzuhalten. Keiner in diesem unserem Kartell ist bundbrüchig geworden, keiner hat es als seinen Vorteil angesehen, in ein anderes Lager zu wechseln.

Über unseren Köpfen fliegen zu dieser frühen Morgenstunde vergrämte Saatkrähen umher. Laut Wettervorhersage soll es heute heftig regnen. Und ich bin in der Laune, ob des tragischen Ablebens Stanislaws schwarze Galle zu spucken. Der Anblick meiner Freunde stimmt mich jedoch sentimental. Lasst mich also memorieren und in Erinnerungen schwelgen.

Dort, am anderen Ende der engen Grabeskammer, sehe ich Don Gelatino im perfekt sitzenden Zweireiher seines Vaters, ein Erbstück, das er, nach einem halben Dutzend Umänderungen in der Kleiderklinik, in Ehren zu halten und zu tragen weiß. Wer käme auf die Idee, ihm die Prachtblüte im Knopfloch zu missgönnen oder den streng frei geschabten Seitenscheitel als Schuppensammelleiste lächerlich zu machen? Auch mein Onkel, der in Gottes Gewahrsam ist seit fast fünf Jahren, hatte per Gel und Spray ein imposantes Haarvolumen herausgekämmt. Don Gelatino, du mein Augenlicht, nimmst, weil du ein Gentleman von Distinktion bist, auch die Strapaze in Kauf, die vollen Kleidertüten des Roten Kreuzes kurz vor der Abholung zu durchwühlen. Es ist deine Natur, dein Instinkt, der dir eingibt, für weiße Seidenstickerhemden nicht eine müde Mark auszugeben. Weiße Kragen sind eines hohen Mannes Ausweis. Also weiß jeder in dieser Runde jene Tüllgardinenspione zu verdammen – meist graue Großmütter in bunten Kitteln –, die ob deiner nicht geräuschfreien Frühmorgenplünderung die Schergen anriefen. Du bist kein gemeiner Kehlkopftrümmerer, mein Freund, du trotzt den Anzeigen und es ist dein gutes Recht, mit einem Second-Hand-Händler einen Kontrakt abzuschließen. Du sollst ihn mit abgelegten Markenstoffen versorgen und er wird deine Börsenkraft vervielfachen. Das Modediktat verweist nun einmal die einfachen Leute mit knapper Barschaft ins zweite Glied.

Aber auch ihnen muss man das Bürgerrecht eingestehen, in Tuch und Tracht daherzugehen. Dein Verdienst ist es, dich der Bedürfnisse und Konsumgepflogenheiten der schuftenden Schichten nicht verschlossen zu haben. Ich war immer der Meinung, dass die Kleidertüten nur Kollektionen bargen, die höchstens einen Lumpensammler oder ähnlich niedere Werktätige zum Plündern bewegen. Du aber, Don Gelatino, lehrtest mich eines Besseren. Die Bessergestellten der tonangebenden Klasse räumten ihre Garderoben leer und stellten ihre fast neuwertigen Kleidungsstücke ordentlich abgepackt vor die Haustür. Was konnte man nicht alles an sich reißen und Gewinn bringend weiterverkaufen: Echte Fuchspelzstolen mit nur zwei Brandlöchern, hochhackige Leinennetzpumps, leicht verunreinigte Kummerbunde für den Herrn von Welt, Tweedkostüme, in Förstergrün oder Pampelmusenorange, zeitlose Indientücher, Stulpenschuhe aus Nadelspitze, Herrenfilzhüte mit eingerissener Krempe, Patchworktaschen und vieles andere mehr. Dein Geschäftspartner hat sich als relativ zuverlässig erwiesen, auch wenn du ihn wegen ausstehender Zahlungen manchmal in die Mangel nehmen musstest. Dieser Händler aber verkauft Hanftüten an Hippiekinder, der jahrelange Drogenmissbrauch hat ihn schlaff und eitel werden lassen. Er hat eine geklaute Parkbank vor seinen Laden gestellt, auf der er mal dämmert, mal seine so genannten Straßenerleuchtungen inszeniert. Vor ungefähr einer Woche mischte ich mich in den großen Pulk, der sich vor seinem Geschäft versammelt hatte. Der Händler begoss sitzend gefiederte Tannenzapfen auf Stanniolbahnen und sie blühten nach kurzer Zeit auf. Es waren, wie ich und das umstehende Publikum aufgeklärt wurden, Rosen von Jerusalem. Wenn man diese Gewächse mit lauwarmem Wasser besprengt, öffnet sich der Blütenkelch. Das ist also kein Zauberstück, der Händler tat aber so, als sei er ein verdammter Kirmesheiliger. Ich möchte, Don Gelatino, nicht weiter auf dieses Subjekt eingehen, nichts liegt mir ferner, als an deinen Geschäftspraktiken zu zweifeln. Die Schergen haben dich im Visier und natürlich schmälert das deine Profitmarge. Wie ich hörte, hast du zwei minderjährige Cousinen darauf abgerichtet, Löcher in die Kleidertüten einzureißen, und deine Nebengeschäfte florieren, trotz der Umnachtungen des Altkleiderhändlers, der, wie mir zu Ohren kam, bei einem von ihm gestifteten Raufhandel schwere Kopfverletzungen davontrug. Die Täter sind unerkannt geflohen.

Ich sehe im Schatten der Zypresse Suleiman, der uns seinen neuen Ballonseiden-Anzug präsentiert, dazu trägt er eine Art Fischermütze mit breiter weicher Krempe. Zweifellos hast du in der Eile die Kleidung nicht wechseln können, auch wenn du es nicht versäumtest, in Straßenschuhe zu schlüpfen. Du hast ein gutes Händchen für gewinnträchtige Transaktionen, man hat das Gefühl, als würdest du Zucker karamellisieren. Bislang hast du dich nur zweimal verschätzt: Einmal durch den Export von transparenten Spaghettiträgern. Sie warten, verstaut in Europaletten, immer noch auf Abnehmer. In Monatsfrist ist dir damals dann doch klar geworden, dass aus diesem Geschäft nichts wird. Die Sorge schlug dir buchstäblich auf den Magen. Wir, deine Freunde, wissen nicht, wie du auf die Idee gekommen bist, eine halbe Tasse Engelstrompetensud auf ex zu trinken. Von deiner damaligen Freundin erfuhren wir, du habest dich stundenlang in Taubstummensprache mit deinem Bauch unterhalten, aus dem, wie wiederum du uns später weismachen wolltest, viele Vogelarten gepiept und geträllert hatten. Don Gelatino hat dich mit einem feuchten Handtuch geschlagen, um dich davon abzuhalten, deine Wimpern einzeln auszurupfen. Deine Freundin Steffi, Friede ihrer narkotisierten Seele, hat in jener Nacht einige nicht unbeträchtliche Male davongetragen. Du, o Suleiman, würgtest sie immer dann, wenn dich der Goldfasan in deinem Verdauungstrakt daran erinnerte, dass Steffi – die im Augenblick bestimmt Stanislaws Flanken krault – gern in fremde Betten stieg. Diesen Scheiß haben wir dir nicht abgenommen, denn dann könnte ja auch ich morgen daherkommen und sagen: Der Koboldmaki in meinem Kehlkopf hat mir befohlen, Don Gelatino einen doppelten Bauchkracher zu verpassen. Und Don Gelatino würde den Fußfeger mit anschließendem Kieferbruch mit der Order des Opossums in seinem rechten Lungenflügel erklären.

Dein zweiter Fehler, mein Freund Suleiman, war und ist neben deinem fehlgeleiteten Geschäftssinn deine Manie, für die Alltagsverrichtungen keine Zahlungen zu leisten. Uns allen geht es finanziell gut, trotz mancher Flauten im Straßenverkauf. Jeder von uns kann zu einem gelernten Barbier gehen, im Frisierstuhl eine schöne Weile müßigen Gedanken anhängen, derweil man uns das Gesicht fachmännisch einseift und bis auf die Widerborsten unterhalb der Kinnlinie auf Glanz rasiert. Wir können dafür einen Schein locker machen. Du aber hattest einen neuen Barbier ausfindig gemacht, der uns seine Dienste aus Ehrerbietung für umsonst anbieten wollte. Das hören wir gern, der Respekt der Leute, der einfachen Menschen, motiviert uns, zur rechten Zeit wohltätig zu sein. Dieser Barbier aber stellte sich, kaum waren wir in seine sehr dunkle Wohnung eingetreten, als ein Transvestit heraus kam. Die Nachahmung des anderen Geschlechts ist eine verwirrende Angelegenheit, sie entzieht sich meinem Einfühlungsvermögen. Ich besah mir die Peitschen an der Wand, die eingerahmte Collage aus Kunstpenissen in Pink, die überlebensgroße

Abbildung eines behaarten Arsches in Schwarz-weiß. Ich habe sogar Don Gelatino Einhalt geboten, der lautstark versprach, dir, o Suleiman, das Genital und beide Ohren abzureißen. In unangenehmen Situationen meldet sich meine schwache Blase. Im Abort habe ich, wie es meine Art ist, den Badezimmerschrank eingehend durchsucht. Ich stieß auf menschliches Haar, auf Souvenirlocken in kleinen Zellophantüten, schwarze, blonde, braune, rote, grüne Locken. Ich dachte, vielleicht legt der gute Mann Hand auf das Material und macht Sexualzauber. Ich bin, o Suleiman, ein abergläubischer Mensch. Die Kunst der Abwendung der Tricks und Tücken Scheitans, mit denen er uns dann und wann zu narren weiß, beherrscht jeder kluge Pate, der die Angelegenheiten in vorrangige und nachrangige ordnen muss. Nachrangig in dieser Sache war der bedauernswerte Umstand, dass wir die Hoffnung auf einen ordentlichen Fassonschnitt würden fahren lassen müssen. Vorrangig dagegen war die Sorge, dass wir des Transvestiten flinke Hände nicht lange werden wehren können. Hände im Übrigen, die so beschaffen waren, als hätte er Zeit seines Lebens Semmelbrösel in Hackfleisch gewalkt. Es gab ein kurzes Handgemenge, wir konnten fliehen. Der Transvestit, er hat sich wohl den Künstlernamen Leila zugelegt, warf mir eine Bürste hinterher. Der Stiel traf mich hart am Hinterkopf, seither pocht die Stelle immer dann, wenn ich mich im Schlaf von einer Seite auf die andere wälze. Suleiman, du hast dich eine lange Weile bei Leila aufgehalten, vielleicht um ihm das Ungestüm zu nehmen. Du hast ihm auch erklärt, dass uns, deinen Kartellkomplizen, die sexuellen Vorzüge unserer lieben Mitmenschen herzlich egal seien. Das war falsch! Wir sind keine Sockenpenner, dass wir uns erklären müssten. Wenn wir uns mit Luft den Bauch voll schlagen würden, wären wir einigen Menschen Rechenschaft schuldig. Deine

Stammeltern, o Suleiman, sind Indoaraber, so wirst du nicht müde zu versichern, und dein Ahnenverzeichnis hängt in einem pompösen Bildhalter über dem Kopfende deines Bettes. Was bitteschön soll sich ein Indoaraber bei einer grausamen Herbergsmutter wie Leila entschuldigen? Hätten wir vielleicht mit ihm süßes Gebäck brechen sollen? Wolltest du denn zulassen, dass Leila erst deine Füße in Molkensauer einweicht, um hiernach deine verholzten Fußnägel mit einem Elektro-Saphirkegel zu beschleifen? Du hast einst auch Steffi einen Herzenswunsch nicht abgeschlagen. Sie hat kleine bunte Holzperlen in dein Haar eingeflochten, und als wir dich sahen, dachten wir im ersten Moment an ein irrsinniges Kälbchen mit einer Binsengrasperücke auf dem Schädel. Doch es warst du, unser Freund, der mit der Mode geht.

Ich muss kurz innehalten, denn Stanislaw, ein Höhepunkt seiner Züchtung, wurde genau an dieser Stelle der Geschichte ganz irre. Dein Anblick Suleiman hat meinen friedfertigen Gefährten bestialisiert. Er warf sich gegen die Leine, das Halsband schnürte ihm fast den Kopf ab und ich konnte ihn mit groben Tritten gerade noch bändigen. Er verbiss sich in meine Hand, wofür ich ihn drei Tage auf Diät setzte. Wie hat er sich doch gefreut, als ich ihn, erweicht von seinem von Stunde zu Stunde dünner werdenden Gewinsel, aus der finsteren Kohlekammer befreite! Getrieben von Hunger hatte er sich die Lefzen angeknabbert und einige Briketts gefuttert, das alles war ihm nicht gut bekommen.

Es mangelte mir an Takt und Fingerspitze, wenn ich einen weiteren Kombattanten unseres Bundes nicht erwähnte: Köse Cetin. Cetin, der von Geburt an und von Natur aus Bartwuchsfrei, unser munterer Bruder, der bisher nie jene Lust verspüren konnte, die lackierte

Frauennägel provozieren, wenn sie an meinem Viertagebart neckisch kratzen. Dafür entdecktest du den Schweizer Kräuterschnaps, die Mariazeller Drogerie zur Gnadenmutter, vier cl neun DM, und hiernach hat sich dir alles vernebelt. Vor diesem Lebenseinschnitt warst du ein Gangster der neuen Schule, du hattest eine lockere Hand und die Einstellung, ein Toter zu viel sei allemal besser als ein Hunderter zu wenig. In jener Zeit rührtest du nur einen Alkohol an, Punt e Mes, ein Artischockengetränk, und du sagtest uns, deinen verständnisarmen Kollegen, die Cola habe sich aus dem Artischockengrundgeschmack herausentwickelt. Das ist gut möglich. Du hattest gelernt, dass Liebe nur etwas ist, das unter den gegebenen Umständen als Liebe gilt. Deine Liebe galt in deinen damaligen Verhältnissen dem Gnadenmutteralkohol und ich, der ich gerne die losen Enden zusammenzwirbele, konnte nach einem Blick in deine Augen die Fäden knoten. Es waren weniger die Augen als vielmehr deine Brauen, wulstiges Narbengewebe eines Boxers. Dein Ehrgeiz, als Fratzenklopper deinen Weg zu gehen, hat uns beeindruckt. Das jahrelange Finten und Abducken prägte dich Cetin, mein Freund. Du wurdest der Härte überdrüssig. Du wurdest eines Trainers überdrüssig, der dich einen Lump in vollem Wichs schimpfte, angeblich, um dich zu einer besseren Leistung zu motivieren.

Wohin aber führte dich das Schicksal, das dir noch nie die große rote Galatreppe versprochen hatte? Wolltest du nach einer kurzen hirnschädigenden Amateurkarriere wie Willi, der Chilli enden, der zerlegte Gardinenstangen aus dem Kofferraum verkauft? Verstehe mich nicht falsch, o Cetin, wir alle, die wir hier Stanislaws gedenken, bewahren die Andenken unserer noch so kleinen Erlebnisse in Beweismitteltüten auf. Ich meine das jetzt im übertragenen Sinne. Ich weiß noch sehr gut, wann es so weit war, dass ich mit der bloßen Faust Kokosfleisch auspressen konnte. Ich weiß, wie mich eine Vulkanhitze anglühte, als ich den Freundinnen meiner Schwester durchs Schlüsselloch dabei zusah, wie sie Warmwachsfladen auf ihre wirklich behaarten Beine auflegten und mit einem Ruck wieder abrissen.

Was ich eigentlich sagen will: Cetin, du bist der bösen Patsche entronnen. Du haust, wenn es denn unbedingt Not tut, ohne Bandagen. Doch mit der Mariazeller Drogerie kam auch eine Zeit, in der du recht eigenwillige Schi Schi-Marotten an den Tag legtest. Schi Schis färben ihren Mundrahmenbart blond. Schi Schis sind arbeitsscheue Fliegenschnäpper. Als du Cetin, mein Ein und Alles, zur Selbstbräunertube griffest, hattest du sicherlich nur eine Pflege und Kosmetik im Sinn, wie sie dem Manne gut anstehen. Weil die Bürger nach der Dosierungsvorschrift leben, wolltest du dich nicht an die Empfehlungen des Beipackzettels halten und legtest statt eines hauchdünnen Schmierfilms eine fingerdicke Paste an. Vielleicht war dir die Philosophie auch egal. Dein Gesicht wurde zur modernen Kunst. An manchen Stellen trübte sich deine Haut kastanienbraun, an anderen rot wie indoarabischer Sand. Die Stirn hatte die Farbe von eindeutig Karotte. Ich werfe mit diesen Ausführungen keinen Schatten auf deine Integrität, mein Freund, heute ist vielmehr mein Tag des Schmerzes, an dem sich die Schleusen meines Gedächtnisses geöffnet haben. Ich möchte meine Erinnerungen nicht an wildfremde Menschen verschleudern, ich will sie mit euch teilen.

Die Nebelschwaden, von denen ich eingangs sprach, haben sich, o Cetin, nicht verzogen, und davon zeugt, dass du einem Zivilfahnder auf den Leim gegangen bist. Dieser Bulle ist eine Frau, sie hat dich mit ihrem Pudernäschen umgarnt, mit ihren zitternden Nasenflügeln für sich eingenommen. Du wolltest ein Rehchen vor dem bösen Getier schützen. Wie habt ihr euch eigentlich kennen gelernt? Das Näschen kam um die Ecke und ließ sich geschickt von dir über den Haufen rempeln. Ich frage mich, wieso du nicht stutzig wurdest, als sie, statt den Inhalt ihrer blöden Einkaufstüten einzusammeln, dir ins selbst gebräunte Gesicht starrte? War sie etwa fasziniert vom Fleckenmuster? Sagte sie sich: Diesem Mann sind seine inneren Werte in vielen süßen Farben zu Kopf gestiegen? Wir wissen es nicht. Schade finde ich, dass dir das Szenario aus Film, Funk und Fernsehen nicht bekannt vorkam. Als großer Freund von Werbeblöcken und neumodischen Musikclips hätte dir die Regieanweisung der Situation sofort aufgehen müssen. Du hast dich sofort in sie verliebt und es als »Tugendsüße« ausgelegt, dass sie dich auf Abstand hielt. Ich war skeptisch, ich mag keine Frauen, die in aller Öffentlichkeit ihre Achselhöhlen mit Deorollern benetzen.

Zugegeben, ich war am fraglichen Abend abgelenkt, Stanislaw hatte zwei Hundeschüsseln Spiegelei auf Hack verschlungen, das Don Gelatino ihm in meiner Abwesenheit vorsetzte. Also war ich nach meiner Rückkehr damit beschäftigt, Stanislaws verdorbenen Magen vermittels Hundepastillen zu beruhigen. Cetin, du bist zu unserer traditionellen Brotzeit verbotenerweise mit dem Näschen erschienen. Wir sind keine Romantiker und ich traue einem Frischverliebten nicht über den Weg! Du hast gestrahlt wie ein erweckter Spiritussäufer, und die Bullin führte sich auf wie ein Hühnchen aus freier Farmhaltung. Eine Pony-Prunkschleife auf dem Scheitel und dutzende Strassklemmen im Haar: Jedem außer mir stand der Mund offen. Sie stakste in roten Zickenpömps durch die Wohnung, durch meine Wohnung wohlgemerkt, und meine Freunde verwandelten sich in geifernde

Galane. Die volle Schale Cashewnüsse auf dem Beistelltisch neben dem Fernseher hat sie geleert, ich habe es genau gesehen. Ich gelte als generöser Mensch, ich bin nach außen streng aufs Lächeln maximiert, ich bin der Letzte, der dem Näschen ihren Fressgang verübeln wollte. Mir missfiel, dass sie uns und die Wohnung insgeheim beschielte, und dabei warf sie sich eine Hand voll Nüsse nach der anderen in den Mund. Dir, Köse Cetin, stand das Liebeswasser in den Augen, als hättest du Glühwein mit Asbach getrunken. Sie hatte dich unterm Wind, die Härte hatte dich mürbe gemacht, und du brauchtest Körperwärme, um die Galle auszuschwitzen, in der du als vorgeburtlicher Kindergnom gebadet hast statt in Fruchtflüssigkeit.

Der Neffe eines Handelspartners enthüllte mir die Wahrheit über das Pudernäschen und ich stand als kapitaler Depp da. Mein Nachrichtendienst hatte versagt. Die grundlose Heiterkeit, die über deine Züge huscht, bekümmert mich, Don Gelatino. Dein breites Grinsen vermag ich nicht anders zu interpretieren, als dass meine Worte deinem schadenfrohen Wesen schmeicheln. Ich weiß, vor nicht allzu langer Zeit habe ich Köse Cetin mit der Spitzelabwehr beauftragt, er fand sich in seinem neuen Job zunächst gut zurecht. Doch dann trieb ihn ein hormonromantischer Antriebsschub in die Falle der Häscher. Cetin, die Entscheidung ist mir nicht leicht gefallen, deinem Liebchen in puncto kriminelle Artistik eine Lektion zu erteilen. Sie wird sich nie wieder selber die Nase putzen können oder Strassklemmen ins Haar stecken. Du sollst nicht mehr schmollen, als hätte ich dir ein Spielzeug weggenommen. Ich habe einen Feind pazifiziert, ohne den geringsten Abdruck zu hinterlassen. Dein Herz ist weit, o Cetin, da passt viel rein.

Wer zu blöd kommt, den bestraft Suat, die Nackenschelle, der heute aus Pietät unter die Kragen seines Hawaihemdes eine Klemmkrawatte angesteckt hat. Ich danke dir, mein Freund, dass du meinen Kummer teilst und Stanislaw deine letzte Aufwartung machst. Bei deinem Anblick könnte ich den Frieden finden, den du unlängst fandest durch deinen Übertritt zu den Ersten Apokalyptikern der Letzten Stunde. In deiner freien Zeit kommst du mit deinen neuen Betbrüdern in der Heiligen Ersten Kapelle zusammen, und ihr gebt eurer Zerknirschung über die rauen Sitten eurer Mitmenschen lautstark Ausdruck. Im Bibelkreis hast du denn auch sofort gebeichtet, du würdest unlautere Methoden der Geldbeschaffung anwenden und du stießest auf sehr viel Verständnis. Der Erste Prediger eurer Kirche klingelte an meiner Tür, du hast ihm meine Anschrift, meine Telefon- und Handynummer und die Autokennzeichen meiner Autos verraten. Ein feiner Mensch, das muss ich zugeben, auch wenn er sich während des ganzen Gesprächs nur darauf beschränkte, seine Rolle im »Weltenkrieg gegen die bösen Elemente« zu unterstreichen. Er hätte Stanislaw nicht einen Höllenhund und mich nicht Satan beschimpfen sollen. Die Unterhaltung verlief bis dahin in zivilisierten Bahnen, ich habe ihm sogar Pralinen angeboten, die er nicht anrührte. Aber plötzlich stand er auf und schrie, er wolle sich nicht länger in der Sickergrube des bösen Buben aufhalten. Stanislaw verabscheute abrupte Bewegungen, und es überkam ihn der unbedingte Drang seinen Herrn vor etwaigen Attacken zu schützen. Die große Bisswunde am Arsch deines Kapellenfürsten hat dieser also eigentlich seinem unziemlichen Verhalten zu verdanken. Er hat im Übrigen einen wirklich schnellen Sprint hingelegt. Für einen Mann mit einem Oberschenkelmaß von, sagen wir mal, 55 cm ist es schon beachtlich, über den Gartenzaun zu springen, ohne auch nur die Pfahlspitzen anzutippen.

Suat, mein Herzblatt, Schmerz auszuteilen ist für uns alle eine Ehrensache. Genauso gut können wir aber auch in uns gehen oder wie die Buddhisten sagen, uns unserem inwendigen Lehrer zuwenden. Du schlägst nicht die Sportseiten deiner Tageszeitung auf, das tägliche Tittenbild scheint dich nicht besonders zu fesseln. Nach dem Aufstehen um die Mittagszeit, noch vor der ersten Zigarette und dem ersten Schluck Kaffee, vertiefst du dich in die Lektüre deines Horoskops. Du bist vom Sternzeichen Schütze. Deine Frau hat sich von dir scheiden lassen, weil sie es als Zumutung empfand, dass dein Journalastrologe mehr Einfluss auf dein Eheleben und deine ehelichen Pflichten hatte als sie. Deine Frau stand sogar mit ihm in Korrespondenz und bat ihn, die eine oder andere gute Aussicht in seinen Deutungen und Ahnungen unterzubringen. Doch du bist ein paranormaler Mensch Suat, es reicht dir nicht, dein Leben nach der Streuung des Sternenschutts auszurichten. Als Hooligan der Schwermut hast du eine lange Liste mit so genannten Unglücksmagneten erstellt. Wir alle haben sie bekommen, in mehrfacher Ausfertigung. Was steht auf dieser Liste? Nachts darf man sich die Nägel nicht schneiden, weil schalkhafte Kobolde die losen Knipsel aufsammeln und daraus ein Voodoo-Cocktail mixen. Ab Sonnenuntergang ist es äußerst verwerflich kleine Tiere totzuklatschen. Es könnte ja sein, dass man in der Wiedergeburtskette zurückfällt. Der Galopp zum Abort ist untersagt, man soll trotz Magengrimmen die Toilette souverän langsam aufsuchen. Sonst sind die Engelchen erbost, weil sie denken, dieser Sünder kämpft gegen seine Notdurft, ein Befehl seines Fleisches, nicht an. Beim Geschlechtsverkehr muss man alle Plastik- und Holzputten in der gesamten Wohnung abdecken. Weihnachten, wenn die Christen das Marzipanbrot mit dem Heiland verwechseln, darf der Erste Apokalyptiker der Letzten Stunde für mehrere Wochen dem Frohsinn entsagen. Als du meinen Christbaumschmuck zerschlugst, o Suat, tat sich ein Riss in meinem Herzbeutel auf. Der teure Kunstschnee auf den Tannennadeln, die feinsinnig drapierten Watteflocken, die Girlande aus kleinen Elektrokerzen, die mit Büroklammern aufgehängten Süßteigbrezeln aus meiner Mutter Küche: Sie fielen deinem Religionskoller zum Opfer. Du führtest dich auf, als wolltest du eine Kerbe in das Gesicht deines Feindes schneiden. Ich aber war kein Heide, sondern ein vom Glanz der Christlichter Betörter. Dein Erster Prediger bläut dir ein, Jesus habe nur seine Kapelle lieb. Er vertreibt handliche Broschüren, er schreit euch in seinen Wochenpredigten an, es sei ein Gottesgebot, die 12 Weisen Bücher im Luxusschuber für läppische viertausend Mark käuflich zu erwerben. Da du an jenem Wochenende nicht flüssig warst, hast du dir das Geld von mir ausgeliehen. Das ist jetzt ein halbes Jahr her, Suat, ich will jetzt endlich meine Mäuse wiederhaben. Es geht mich nichts an, was du mit dem Geld anstellst. Du kannst eine Waranenaufzucht betreiben. Du kannst dir Berluti-Mocassins maßfertigen lassen. Du kannst dich monatelang von gegrillten Scampis mit Blattspinatbeilage ernähren, soviel ich weiß, schwörst du auf Schalentiere, die in freier See aufgewachsen sind. Ich will meine Mäuse wiederhaben. Der Prediger wird Verständnis dafür aufbringen, wenn du ihm den Schuber wieder zurückgibst und in aller gebotenen Höflichkeit erklärst, wie wir mit säumigen Schuldnern verfahren.

Ich will meine Mäuse wiederhaben.

Doch was nutzt aller Reichtum der Welt, so frage ich mich seit einigen Stunden, wenn einem ein liebes und geliebtes Geschöpf entrissen wird. Natürlich muss man seinen Lebensunterhalt verdienen und natürlich müssen die Schulden eingetrieben werden. Sonst steht man da wie ein Mann mit geplatzten Hosennähten. Günstige Winde kann nur der nutzen, der weiß, wohin er will. Asphalt Nuri, du Kiezdiamant, du hast diesen Sinnspruch sehr früh beherzigt, ihn von deiner Frau oder Geliebten in den Strickkissenbezug einnähen lassen und das Kissen auf der Hutablage deines Opel Corsa platziert. Du rauschst auf der linken Spur auf und davon, und wer deine Rücklichter sieht, soll wenigstens wissen, dass ein weiser Mann mit weisen Ansichten ihn überholt hat. Die River Kwai-Melodie aus fünf Chromfanfaren, die Zweiklang-Kompressor-Hörner mit 115 dB haben viele Passanten zu Tode erschreckt. Zu deinem Leidwesen musstest du die nicht TÜV-freien Fanfaren wieder abmontieren, das Truckerkompressorhorn durftest du behalten. Diese Verordnung hatte dich traurig gestimmt, du standest, wie du damals sagtest, in der Imagepfütze. Aber wir deine Freunde kennen dich allzu gut, also wussten wir, dass du dich von dieser Melancholie würdest erholen können. Und tatsächlich, nach zwei Wochen der Entsagung, in denen du, Gott sei's geklagt, die Geschäfte vernachlässigtest, erschienst du frisch und ausgeglichen. Du hast uns dein Auto vorgeführt, wir trauten unseren Augen nicht. Martialische Frontspoiler, Hot Wing-Heckflügel mit Blink- und Bremsleuchte, vibrationsarme Außenspiegel aus Edelstahl! Auf der Motorhaube hattest du rote Lufthutzenattrappen angebracht, an den Lufthutzen und Auspuffverblendungen Alu-Gitter montiert. Und wie sah es erst im Innenraum aus! Die selbst blinkenden Türpinnen haben uns sehr imponiert. Die Rallye-Sportsitze, das Drei-Speichen-Lenkrad, die Lederschalthebelmanschette, das Wurzelnuss-gemaserte Armaturenbrett und schließlich die Airbrush-Hupenknöpfe. Ich bringe ein mäßiges

Interesse für Autozubehör auf, Asphalt Nuri, genauso wenig wie ich mich für Teesorten begeistern kann. Nun kommen mir solche Worte wie Chromzierleisten oder Kühlergrillfigur leicht über die Lippen. Auch wenn ich mir vielleicht damit unnötiges Wissen angeeignet habe, du jedenfalls hast dir die Zeit genommen, mir dein Auto und seine Bestandteile nahe zu bringen und dafür danke ich dir.

Manchmal bist du ein Idealist, der glaubt, man könnte vor der Höllenpforte eine Wassereimerkette aufstellen. Es ist dir daraus kein Vorwurf zu machen, dass dir ein grundgutes Wesen eignet. Allerdings war es des Gottvertrauens zu viel, als du den Zündschlüssel stecken ließest, um deine Frau oder deine Geliebte beim Einkaufsbummel zu begleiten. Irgendein kleiner fieser Autoknacker hat dir deinen Opel Corsa weggenommen, und du hast dir geschworen, kein anderes Lenkrad anzurühren. Auch ich hätte die Ventilkappen im Schädeldesign an den Niederquerschnittsreifen vermisst, von den Bärchenradblenden mal ganz zu schweigen. Es war, als hätte sich ein anderer Sinnspruch bewahrheitet, den du als Aufkleber auf klarer Folie einst in Auftrag gegeben hattest. Auf der Heckschürze prangte neben Sprüchen wie »Hauptsache die Haare liegen!«, »Testament im Handschuhfach« und den Rennstrecken-Aufklebern Nürburgring, Hockenheim und Monte Carlo der Schriftzug: »Zwei Herzschläge weiter ist dein Ruin!« Dein Sinn für die feine Poesie des Alltags hat mich stets beeindruckt, mein Freund Nuri. Während sich andere Zeitgenossen wie beispielsweise Don Gelatino an Schlussverkaufstagen um herabgesetzte billige Textilien balgten, warst du auf der freien Strecke unterwegs. Wer dich nicht verstand und wer deiner Asphaltfreiheit nichts abgewinnen konnte, nannte dich einen Klatschmongo mit Mücken im Kopf. Du bist der Italiener unter uns, du hast uns alle gebeten, dich in der Öffentlichkeit Molto Antonio zu rufen. Deinem Wunsch haben wir selbstverständlich entsprochen, nur Suat wollte nicht sein Gelübde brechen, die Wahrheit und nichts als die Wahrheit kundzutun. Deinen anatolischen Lieblingsfluch »Küss mein Hosensaum« hast du abgewandelt in »Manga e mio polbere«, was wohl so viel heißt wie »Friss meinen Staub«. Es fiel dir sehr schwer mit deinen leibhaftigen Eltern zu brechen. Trotz mehrmaliger Aufforderung hatte sich deine Mutter geweigert, das bunte Tuch statt auf den Kopf um den Hals zu legen. Deines Vaters Handschmeichler, die Gebetskette, landete in deinem Gesicht. Dein voller Name lautet Nureddin, das Licht des Glaubens, schon das Kürzel Nuri war für deinen Vater ein großer Schritt in Richtung schwule Verwestlichung. Als du ihm in ruhigem Ton beizubringen versuchtest, du habest ein neues Kapitel in deinem Lebensbuch aufgeschlagen, schrie er, er würde auf das besagte Kapitel seine Notdurft verrichten. Das ist jetzt ungefähr ein ganzes Jahr her und ich hoffe, dass wir dir eine Art Ersatzfamilie bieten konnten.

Meine Freunde, der Regen hat uns bis auf die Unterwäsche genässt, und ich glaube, wir sollten unseren geliebten Stanislaw endlich der Erde anheim geben. Ich habe für den anschließenden Leichenschmaus Thunfischsteaks mit angebranntem Reis vom Sushi-Restaurant kommen lassen. Wir werden bei dem Inhaber der besagten Gaststätte einen Besuch abstatten. Als er Stanislaw Kugelfischhäppchen vorsetzte, hielt ich ihn für einen vornehmen Mann mit Manieren. Ich brauchte wenige Stunden, um meine Meinung zu ändern. Er und kein anderer ist der Meuchelmörder von Stanislaw. Heimtücke erhält jung, meine Freunde, ergreift also die Spaten, lasst die vergifteten Speisen stehen und füllt die Magazine eurer Waffen. Wir lassen die Puppen tanzen.

Feridun Zaimoglu bei Rotbuch

Feridun Zaimoglu
Liebesmale, scharlachrot
Roman
ISBN-10 3-434-53025-8
ISBN-13 978-3-434-53025-1

Feridun Zaimoglu
Abschaum. Die wahre Geschichte von Ertan Ongun
Rotbuch TB 1141
ISBN-10 3-434-54509-3
ISBN-13 978-3-434-54509-5

Feridun Zaimoglu
Leinwand
Roman
ISBN-10 3-434-53080-0
ISBN-13 978-3-434-53080-0

Feridun Zaimoglu
Koppstoff. Kanaka Sprak vom Rande der Gesellschaft
Broschur
ISBN-10 3-88022-674-1
ISBN-13 978-3-88022-674-6

Feridun Zaimoglu
Kanak Sprak
Rotbuch TB 1156
ISBN-10 3-434-54518-2
ISBN-13 978-3-434-54518-7

Feridun Zaimoglu
Kopf und Kragen
Rotbuch TB 1184
ISBN-10 3-434-54535-2
ISBN-13 978-3-434-54535-4